KB152931

큰 글
한국문학선집

박아지 작품선집

종다리

일러두기

1. 시의 텍스트는 『심화』(우리문화사, 1946)를 참조하였다.
2. 표기 및 띄어쓰기는 원칙적으로 현행 맞춤법에 따랐다. 그러나 시적 효과 및 음수율과 관련된 경우는 원문의 표기, 띄어쓰기를 그대로 따랐다.
3. 원문에 " " 및 ' ' 표기는 〈 〉로 고쳤다.
   그러나 원문에서 ( )를 사용한 경우는 원문 표기를 따랐다.
4. 원문에서 표기한 한자의 경우는 필요시 그대로 두었다.
5. 작품 목차는 시집의 순서대로 수록하였다.
6. 본문에서 사용한 ×, △는 시집의 표기를 따랐다.
7. 텍스트의 이해를 돕기 위하여 편자 주를 달았는데, 이는 국립국어원의 뜻을 참조하였다.

목 차

1. 시

2. 서사시

3. 시극

큰글한국문학선집
: 박아지 작품선집

1. 시

칩복(蟄伏)

붓을 꺾이고 호미를 잡아
오늘이 있기를 기다리며 기다리며
어둠 속에서 빛을 찾으려
묵묵히 나만 묵묵히
인고와 땀으로 아로새긴 십년!

×

아아! 기다리던 오늘의 감격!
산과 내와 풀과 나무와 새와 벌레가
모오두 새로운 듯 반기고 다정하여
벼이삭과 나물싹이 이다지도 신비로운 순간.

×

이 하늘이 한고작 높고
이 땅이 가지록 넓고
그리고 태양이 이렇게도 아름답고
이 겨레가 이다지도 위대한 줄이야
아아! 동무들아
이 순간 같이 벅차게 느껴 본 적이 있는가.

×

흥분한 얼굴에 눈물이 어리우고
쥐어진 주먹이 가늘게 떨리어
심장이 터지도록 외치고 싶은 충동
아아! 동무들아

우리에게는 또 한번 끊어야 할 쇠사슬이 남았구나

×

태양을 못 보던 어둠속 우리들이
빛을 반기며 땅 위에 솟는다
동무들아
희망에 뛰는 가슴을 가만 가만 달래이며
힘차고 묵직한 첫발을 대지가 울리도록 옮기어 보자.

심화(心火)

벗아! 그대의 맑은 눈에
이슬이 맺혀 방울방울
그 무슨 서름인가야

×

그대의 고운 눈썹
수심이 어리어 깊고 깊어
그 무슨 시름인가야

×

그대의 꼭 다문 입
말 없이도 내 가슴 울리네
진정이 얽히인 탓이겠지야

×

소박한 나의 글발은
그대를 위로할 줄 모르네
아! 이 붓을 꺾어 버릴까야

×

눈물이길래 가슴에 스며들고
수심으로 해 소리 없이 노래하네
소리 없는 노래는 시가 아닌가야

피

꺾은 저문 해
가뭇한 문화
가람같이 흘러 흘러

×

화려한 세대
희미한 순간
예도록 탐탐 가이 없어[1]

×

조선의 피 너
조선의 혼 너

---

1) 가없다(끝이 없다)의 잘못된 표기.

아! 가지록[2] 아름다워

×

언제나 끓고
영원히 살아
머어언 앞날을 마음하며

×

고운 체에 걸러
붉은 불에 살워
하도한 겨레에 새롭고저.

---

2) 갈수록(시간이 흐르거나 일이 진행됨에 따라 더욱더)의 잘못된 표기.

노들강

가뭇한 옛날부터
하도한 전설을 싣고
말없이 흐르는 노들강

×

근로하는 청춘인 양
꺼지지 않는 정열을 안고
영원히 젊은 노들강

×

바른 세상도 보았었고
윈 역사도 읽었건만
아랑곳 없는 노들강

×

눈물과 피도 마시었고
지샌 밤 울음도 들었건만
한고작 태연한 노들강

×

남산을 가리는 자유의 기
장안을 흔드는 해방의 노래
예론듯 침묵한 노들강

×

우리들이 떠미는 역사와 함께

영원한 청춘 세월과 같이
묵묵히 흐르는 노들강

들으시나이까

뭉쳐라 외치시는
임의 참 뜻
모르는 겨레가 아니외다

      ×

조국을 사랑하시기에
민족을 아끼시기에
해의 풍상 서른이요 또 몇 해

      ×

검던 머리 희신 줄
아! 어찌 모르오리까 모르오리까

눈물이 앞을 가리나이다

       ×

뭉치려고 몸부림치는 하도한 겨레
형제를 팔아먹던 자여 물러가라
그리고 삼천만이여 뭉치라

       ×

목메어 외치는 소리
피 맺게 부르짖는 소리
임이여! 들으시나이까 들으시나이까?

　　　　　×

민족을 팔아 배 불리던 자
동포를 짓밟고 지위를 자랑하던 무리
인제는 임의 성스런 이름까지 팔아
형제를 속이려 하고
저들의 영화를 보존하려
또 다시 남의 힘만을 등에 대고.

하도 하도 눌리고 짓밟히며
뼈에 사모치도록 갈망하던
아아! 인민의 자유 인민의 권리.

어떤 무리만의 자유오리까

어떤 계급만의 권리오리까
임이여! 바르게 보소서 보소서.

민족을 팔은 황금의 아지랑이
동포를 짓밟은 지위의 무지개
임의 이름을 팔은 기만의 구름.

어지러운 이것들이
인민의 소리로부터 임의 귀를 가리며
임의 총명을 가리려 합니다.

노동자 농민 근로하는 하도한 겨레
진정으로 갈망하고 외치는 소리
임이여! 들으시나이까 들으시나이까?

해방의 첫해를 보내며

1945년─나는 터가 되려오
새해─그대는 주추를 마련하오
샘물동이를 조심스레 이는 마을 처녀마냥
나는 그대의 주추를 반듯이 이오리다.

나는 애기를 낳을 어머니오
그대는 소담한 젖통을 아끼지 마오
방실거리는 젖먹이 무럭무럭 커갈 때
나는 물러가도 그대를 도와줄 이 하도하오.

석양 무지개마냥 아름답던 나의 꿈
고달픈 몸부림으로해 틀이 잡히지 못하였소
새벽 빛같이 찬란한 그대의 희망
조심스레 걸어가는 발자욱 자욱마다 틀이 되오.

그날의 데모

조올졸 흐르는 샘물
푸르른 구슬인 양 맑기도 하여
어리고 가냘픈 힘
풀잎배도 겨웁다 하네.

허나 한 줄기 두 줄기
모이고 또 모여
시내가 되고 폭포를 이뤄
한가람 흘러 흘러 바다로 바다로.

호미를 들고 괭이를 메고
이 마을 저 마을에서
밀물처럼 떼져 올 때
비겁한 놈들은 숨을 죽이네

펄럭이는 씩씩한 깃발 아래
거짓도 없이 힘은 뭉쳐
천둥같이 외치는 아우성 소리
달린다 오직 새 나라 새 나라로ー.

봄

수수깡 울타리에
낮 닭의 울음도 기인데,
푸르러 가는 들에서,
송아지는 〈엄메-〉
어디선지
풀잎 피리 고요하다.

시내 언덕에 추욱축 늘어진
수양버들, 하늘거리고
금잔디 벌판
뾰루퉁한 민들레 꽃
봉오리, 봉오리
마을 소녀들의 나물 바구니 한가하다.

밭 가는 젊은이,
씨 뿌리는 아낙네,
올 봄 따라
어이 그리 명랑한지

해방과 자유 근로와 창조
아! 뻐근한 희망의 봄이여

고향

발자취조차 조심스레
고요히 찾아오는 황혼처럼
머어언 고향에 더듬는 나그네 마음.

△

이끼 낀 돌담에
태극기를 꽂고
빙그레 웃으시는 아버지

사립문에 의지하여
행길만 바라보시는 어머니도
퍽이나 늙으셨으리.

△

이 기를 꽂는 날로 약속한 채
그렇게 쪼달리는 살림임에도
기다리지 않던 어버이 마음

오늘따라 하마 돌아올 듯
아들을 고이시는 심정
내 어이 모르오리까?

△

그러나 다시 아뢰옵나니
어김 없이 가오리다

진실로 우리들의 기 날리는 그날.

△

남은 일에 괴로운 이 몸이어니
파도 소리 반기는 조개껍질마냥
머어언 고향에 소근거리는 나그네 마음.

용약(勇躍)3)의 계절

제비가 오자
뒤따라 몰려오는 신록!
조수와 같이 넘치고 넘쳐
하늘도 푸르러
물도 푸르러.

젊은이 가슴에 깃들여 있던
천만 가지 욕망!
신록과 같이 넘치고 넘쳐
박(搏)도 거칠어
호흡도 거칠어.
제비의 긋는 선!

---

3) 용감하게 뛰어감.

공간에 명멸(明滅)
제비의 차는 물!!
호호(浩浩) 잔잔.

한때의 청춘은
시간에 명멸(明滅)
하건만 청춘의 가는 길
호호(浩浩) 양양(洋洋).

생생(生生)한 첫여름
명랑한 계절
피 끓는 청춘
오오 쥐어지는 두 주먹

나의 하루

애기에게만 찬밥을 주고
아내와 마주앉아 멀거니 바라보는 아침!
조반(朝飯)도 못 먹고 교실에 들어서며
어느 아이가 수업료나 가져왔나?
은근히 눈치만 보는 쓰디 쓴 심사(心思)!
〈내일은 수업료를 가져오라〉
이 말을 할까 말까? 설레이는 감정을 아드득 깨물고
묵연히 돌아서는 하학시간

　　　　　×

태연히 돌아오는 나의 모양을
안보는 듯 은근히 살피는 아내의 표정!
〈저녁을 어떡하나?〉

혼자말같이 나의 주머니를 엿보는 그의 심사(心思)!
나는 또 묵연히 돌아 나와
시름없이 하늘만 쳐다보네.

창궁(蒼穹)

　　청상(淸爽)한[4] 신록은 하늘빛까지 푸르게 하였다

　　푸른 하늘에 솔개미 한마리

　　완만한 커어브를 그리며 하늘 끝 저어쪽에 유유히
사라진다

　　가 없는 푸른 하늘에 마음껏 달리는 상상의 날개!

　　무생대(無生代)의 암층이 말하는 아득한 과거!

　　식어 가는 태양이 빛과 열을 잃은 사해(死骸)가 되어

　　움직임도 없이 비참히 된 멀고 먼 미래를 상상할 때

　　한 세대에서 다른 세대에 넘어가는 백년 이백년

　　얼마나 끔찍하게 작고 작은 순간의 순간이냐!

　　나는 이 세대의 선풍 속에 용감히 뛰어들어 희생
된 인류를 생각하여 본다

---

4) 맑고 시원한.

그는 신생대의 암층에 화석이 되어− 역사에 기록
되어−

이 세대의 선풍과 풍랑을 가만가만 속삭이겠지

고생대의 암층에 화석이 원시의 생물을 설명하듯
이−

그날도 오늘같이 물 뿌린듯 고요한 유월의 한낮이
나 아닐런지−

△

무르녹은 녹음 속에서 튀어나온 경쾌한 제비!

맑고 푸른 산뜻한 하늘에 직선을 긋고 지나간다

종다리가 수직선을 긋고 푸른 보리밭에 떨어진다

뜨거운 기층속에 명멸하는 R각(角)!

형용할 수도 없는 순간의 순간

그가 이 세대의 선풍을 속삭이는 미래는 얼마나 지리한 순간일까?

봄을 그리는 마음

시간이 늦어서 전차를 탔사외다.
무심히 쳐다보니 〈春のセル 三越〉
손가락을 꼽아 날짜를 헤아려 보다가
나의 마음에 던지는 봄의 추파를 느꼈사외다.

공장에는 봄의 그림자도 없었사외다.
햇빛 못 보는 공장 안, 질식할 듯한 고무의 냄새!
우울한 우리들의 얼굴빛, 옷주제
명랑한 봄의 기분, 그윽한 봄의 향기 찾을 길 없사
외다.
봄의 꽃, 꽃의 봄, 봄을 그리는 안타까운 마음!
고무신에서 꽃을 찾았사외다.
그러나 향기가 없사외다.
오직 우리들의 우울한 청춘을 아로새긴 눈물의 자

죽일 뿐이외다.

　샘물과 새와 벌레와 바람의 그윽한 소삭임!

　흙과 풀과 꽃과 나무의 구수한 냄새!

　시원한 하늘, 맑은 물, 우뚝한 산, 끝없는 들, 쨍쨍한 볕, 시원한 공기!

　사지를 죽 뻗고 가슴을 훨씬 헤치고 기운껏 들이마시고 싶은 봄!

　윈 하루, 봄을, 봄을, 봄을, 애틋이 그리웠사외다.

춘궁(春窮) 이제(二題)

기 일(其 一)

진달래 꽃이 피고 시냇가 버들이 푸르렀소
꽃이야 피나 마나 버들이야 푸르나 마나
내 시름 없을진대 애탈 일이 있겠소마는
오실 때니 오시노라 실비는 보슬보슬
땅이 있어야 갈지를 않소
씨앗이 있어야 심지를 않소.

×

강남 제비 돌아오고 시냇가 금잔디 속잎 났소
제비야 오나 마나 잔디야 싹트나 마나
내 시름 없을진대 눈물질이 있겠소마는

우실 때니 우시노라 두견새 소리소리
이 땅을 떠나서 어디로 가겠소
이 겨레를 떠나서 어찌나 가겠소.

기 이(其 二)

봄 이슬에 돋는 싹은 살찜즉도 하건마는
나 많은 처녀라고 묏나물 캐러도 못간다니
누구인들 가고 싶으리까마는
굶주려 우는 어린동생들 어찌나 하리까?

×

온 누리에 봄이 왔으니

내 맘에도 봄이 온 줄 봄마음이 온 줄!
여보세요 보리피리 불지도 말아요
나물 바구니 차기도 전에 석양이 벌써 겨워 가요.

가을 밤

희미한 등불 아래 묵연히 앉았으니
지는 잎이 창문을 스치며— 바스락—
그건 확실히 가을의 노크였소.

그는 나를 불러 내고야 말았소.

논둑길에 가로 비낀 갈대 그림자
가는 바람에 하느적거리며— 스르릉—
나는 가만가만 따라오는 그의 발자취를 들었소.

　　　　×

높고 맑은 하늘에는 서리발만 어리었고
아득한 지평선 저어쪽 수풀 위엔 조각 달이 걸리

었소.

멀리 들 건너 포플라 속에 잠든 마을
조으는 듯 깜빡거리는 두어 개의 등불
가을 고요한 밤!
그는 형용을 잊어버린 한폭의 아름다운 그림이오.

신인(新人)

일(一)

가늘게 굽은 새달!
빛조차 가뭇하오.

△

둥글고 빛 나기야
보름달만 하겠소마는

△

보름달의 앞길 찼으니 기울 것뿐
새달! 둥그레질 앞날이 그 어뗘하오.

이(二)

오! 새 사람들아 때는 봄
싹이 터서 새엄이 마음하는 꽃 봉우리

△

잔잔한 이슬에 잠을 깬 나비들도
그윽한 향기에 깃을 가다듬는다 하오.

△

이 봄 이 동산에 피러하였거니
날씨가 흐리었다 봉우리채 이울리야 있겠소.

△

　새달같이 천말겹 검은 구름 허위허위 헤엄 넘고
새싹같이 지즐지즐 천만 구비 휘 돌아서라도 푸르러
지오.

돌아선 그대를 조상함

열 길 물속에 고기도 낚고
천 길 높은 하늘 기러기도 쏘건마는
그대의 마음 어찌 그리 알 길이 없었던지—

△

정열에 끓는 그대의 말!
과녁에 맞는 살소리 같이
굳게 믿던 한때도 있었건마는!

△

깊은 물은 마르면 밑 땅이나 보이지
그대는 갔어도 그 마음 알 길이 없네
그렇게 돌아설 줄 알았더면 알았더라면—

△

믿었기에 분하고 고이었기에 가엾다지
고울을 눈앞에 두고 꺼꾸러진 런너와 같은
가엾은 인간이여! 비참한 패배자여—

누리에 향하여

어머니 서울에서 살펴 있는 그 끝까지
갓 나는 나무순과 같은 모든 아기들은
누리에 향하여 손을 들고 어머니를 노래합니다.

뉘엿뉘엿 넘는 저녁 해의 엷은 빛 아래에
아기들의 마음 다사한 노래 가락이 떠오르거던
새 날 새 아침에 아기들의 기쁜 눈과 함께
어머니의 이름이 누리에 빛날 것을 기뻐하소서.

아기들의 걸음이 바다의 끝과 끝에 갔더라도
어머니의 따스한 손이 인도하시리니
어디를 간들 인자한 얼굴을 잊으리까
누리에 향하여 손을 들고 어머니를 노래하오리다.

이방(異邦)의 시조(始祖)

고요히 내리는 눈!
어스름 달밤이라
뽀오얀 젖빛 속에 깊어가는 북국(北國)의 밤!

△

가없는 벌판!
가없는 적막!
머얼리 깜박이는 등불!
옛날같이 아아득하고

△

이 깊은 적막에 고요히 껴안겨

그리는 어머니 품에 가볍게 잠드는 어린 아기같이
하늘을 우러러 사르르 눈감는 두 젊은이

△

보드럽고 싸늘한 눈송이
이마를 스치는 순간의 촉감!
그는 왼몸을 부르르 떨며
두 팔로 허공을 껴안는다.
오오 순아!
조그마한 상아의 칼로 쪼갠 석류같이
붉고도 아름다운 너의 입술이
처음으로 나의 뺨을 스치던 순간을 느꼈구나

△

노마야!
보오얀 아지랑이 속에 희미한 달빛을 아로새기던
고향 남국(南國)의 봄밤을 못 잊겠다는
어른들 속은 알 길이 없더라

△

〈그들은 아직도 고향을 못 잊는 게지
너는 고향이 그립지 않니?〉

△

〈고향은 별 수 있니?
너하고 같이 와 있는데!〉

△

〈글쎄 말이다 어서 봄이 돌아왔으면
서투른 땅이나마 갈아 보겠는데-〉
이렇게 그들은 새로운 시조(始祖)를 준비한다.

불휴(不休)

피와 땀으로 아로새긴 선배들의 자취
흙발로 밟고 섰는 벗님네도 있소
흙은 비바람에 씻기려니
땅 속에 스며든 피야 길이 빛날 것을
탄하여 무엇하오.

봄빛에 연연한 새싹
지즐리 깔고 앉은 선배도 있는 양하오
참된 삶을 마음한 싹이라면
묵묵히 힘을 길러
천만구비 휘돌아서라도 푸르러질 것 아니오.

독보추야(獨步秋夜)

부제: 신건설사건(新建設事件)에 피검(被檢)된 동무들에게

1

이즈러진 초생달은 앙봉산(鴦峰山)머리에 반 남어 잠기고

기울어진 은하는 백운대(白雲臺)에 한 끝을 머무렀소.

맑고 높은 하늘을 우러러 상상의 날개를 가없이 펴볼때

서리를 재촉하는 귀뚜라미 울음에 밤은 가지록 적막하오.

2

기러기는 은하를 따라 남(南)으로 가없이 울어예고

나의 맘은 남조선(全州)에 적막한 벗들을 더듬어 시름하오.

〈재주는 높건마는 뜻을 한 번 못 펴누나〉는 두소릉(杜少陵)의 탄식이오.

시인 문사(文士)의 쓸쓸한 모양 예나 이제나 다름이 없소.

세상이 하마하니 알아 준다 한할 줄 없는 뜻 내 어이 모르겠소.

내 옐 길만 탐탐히 예면 용용한 가람이 내내 흘러 끊임 없음을 부러할 이 있겠소.

3

내남즉 내노라 하니 범부(凡夫)란 따로 있겠소마는.

정취(情趣)도 모르면서 시(詩)를 쓴다는 벗님네야 범부(凡夫)밖에 무엇이겠소.

속보담 문명(文名)을 고임도 하도 할사 돌도 옥(玉)인 양 하오.

하나 마음 속 그림을 볼 줄 알고 소리 없는 노래를 들을 줄 아는

나는 그런 사람을 고이오.

여름을 아끼는 매암이 노래 아름다움이야 일러 무삼하겠소마는

서리찬 뒤 자취를 감추더니 아름답던 노래도 찾을 길 없구료.

4

언덕에 앉아 다 오른 양 메 있음을 모르는 벗님네도 있소

메에 올라서도 오히려 하늘을 우러르는 선배들 미칠 길 바이 없소

그래도 나는 고요히 머리를 숙이고 느릿한 걸음으로 먼 길을 마음하오.

잊어버린 노래를 찾기 위하여

1

어머니시여!
당신의 품 속을 떠나는 애기게 노래를 가르쳤습니다.
평화의 노래!
희망의 노래를.

2

어머니의 노래를 고이 간직하고 떠난 당신의 애기는
날이 밝자 거리에 웅성거리는 사람들 틈에서 그만
잊어버렸습니다
노래를 잊어버린 당신의 애기는 네거리에 서서
지나는 사람마다 붙잡고 물어 보았습니다

그러나 그들은 말도 없이 뿌리치고 지나갑니다
가장 바쁜 듯이 냉정하게 가 버립니다

3

한낮이 되어도 노래를 찾지 못한 당신의 애기는
애타서 발버둥치며 거리를 헤매었습니다
그런데 어머니여! 놀라지 마세요
네거리 네거리를 지날 때마다
많은 애기들은 나보고 노래를 찾지 않겠습니까?
그러나 나는 잊어버린 노래를 찾기 위하여
냉정히 뿌리치고 지나쳤습니다

4

해는 어느덧 서쪽 하늘에 기울었습니다
더욱 애타서 미친 듯 거리를 헤매다가
마주 오는 사람의 이마를 받고 우리는 뒹굴었습니다
앗! 소리치며 바라보니 뜻밖이 아니겠습니까!
그는 네거리에서 나보고 노래를 찾는 이였습니다……
서로 손잡아 일으킬 그때야 꼭 같은 노래를 찾는 줄을
그래서 우리는 힘껏 으스러지게 손을 맞잡고
잊은 노래를 찾으려고 다시금 발을 옮겼습니다

5

그런데 어머니여! 웃으옵소서

길거리 길거리마다 이마 받는 사람, 손잡은 사람!

나의 노래를 빼앗은 줄 알았던 거리의 많은 사람!

그들도 우리와 다같은 노래를 찾고 있었습니다

그래서 우리들은 손에 손을 잡고 한떼가 되자

거리에 사람은 드물어졌습니다

그 가운데 어여쁜 그러나 간사해 보이는 여인이
지나갑니다

아! 그런데 어찌 뜻하였겠습니까?

그 여인이 우리들이 잊어버린 노래를 부르고 가지
않겠습니까

그래서 우리들은 소리를 치며 따라갔습니다

우리들의 노래를 찾기 위하여

6

그러나 우리들의 노래를 찾으려고 그 여인을 붙잡았을 때는
해는 어느 새 지고 누리는 캄캄합니다
그래서 우리들은 암흑과 혼란 가운데서 노래를 찾습니다
어머니시여! 기뻐하소서
이 밤만 지내고 새 날의 아침 해가 누리를 명랑히 비칠 때에는
애기들의 웅장한 노래소리가 온 세계를 샅샅이 흔들 것입니다

인생행로

1

시간이여! 당신의 젊으심은 아득한 영원이외다.
공간이여! 당신의 품은 가뭇한 무한(無限)이외다.
그리하여 당신들의 애기는 하도한 무궁이외다.

2

당신들이 꿈꾸는 틈을 타서 애기들은 살그머니 기어나왔습니다.
다스한 봄 들에는 아름다운 꽃넝쿨로 장식한 커다란 문(門)이 있었습니다
애기들은 서슴지 않고 들어섰습니다.
휘황한 햇빛과 달큼한 꽃향기에 황홀하였습니다.

많은 애기들은 제각기 꽃을 따라 갑니다.
새를 따라갑니다. 또 나비를 따라갑니다.

3

해는 하늘 한가운데 있습니다.
들은 끝이 없이 넓습니다.
그렇게 많던 애기들은 서로 보이지 않습니다.
애기들은 갑자기 외롭습니다.
알지 못할 불안이 애기들의 가슴에 스며듭니다.
애기들은 이 들에서 나가야 하겠습니다.
그런데 길은 천 가닥 만 가닥입니다.
어느 길로 가면 나가는 문(門)이 있을런지?
사방을 한번 돌라보았습니다.

메 하나 없는 넓으나 넓은 들입니다.

4

애기들은 생각하였습니다.

하늘과 땅이 맞닿은 지평선 저어쪽에는 확실히 나가는 문(門)이 있으리라고 그래서 자신있게 발을 옮겼습니다.

하늘과 땅이 맞닿은 곳에 해는 떨어졌습니다.

그러나 애기들은 아직도 이르지 못하였습니다.

5

하늘과 땅이 맞닿은 곳에서 달이 솟았습니다.

하늘과 땅이 맞닿은 곳에서 그 달도 졌습니다.

또 같은 곳에서 해가 떠올랐습니다.

그리고 같은 곳에 그 해도 숨어 버렸습니다.

그래도 애기들은 그 해와 달이 떨어지는 지평선에 이르지 못하였습니다.

그 지평선은 가도 가도 같은 거리의 눈앞에 있습니다.

6

해와 달은 수없이 솟고 또 졌습니다.

애기들은 오늘도 눈앞에 보이는 지평선을 향하여 달리고 있습니다.

거기에는 확실히 이들을 벗어져 나가는 문(門)이

있을 것만 같습니다.

이 믿음이 애기들의 지친 다리에 새로운 힘을 더하여 줍니다.

이 믿음만을 가지고 가없는 벌판을 헤매다가 당신들의 품에 돌아갈 애기들이외다.

7

시간이여 당신의 젊으심은 아득한 영원이외다.
공간이여 당신의 품은 가뭇한 무한(無限)이외다.
그리하여 당신들의 애기는 하도한 무궁이외다.

오직 이 믿음만이

1

어머니시여!

당신의 아기가 아직도 어렸을 때에는

하루 왼 바닷가에 나가서 모래성을 쌓다가 쌓다가 날이 저물었습니다

그리고 저녁이 되면 들에 쌓은 보릿짚 위에 궁굴면서

하늘에 종종한 별들을 헤이다가 헤이다가 잠이 들었습니다

△

어머니시여!

이같이 쌓다가 말았거나 헤이다가 잠들었거나

당신이나 또는 다른 많은 사람들도 꾸지람이나 나무람도 하지 않았습니다

그것은 오직 어린 아기에게 자유였으며 기쁨이었습니다

△

어머니시여!

아기들은 어찌하여 이같은 자유와 기쁨을 영원히 갖지는 못합니까?

당신은 당신의 아기들을 지극히 사랑하였습니다

그러면서도 이 한 물음만에는 대답하시지 않았습니다

지나간 수천만년 또는 앞으로 다가오는 수천만년!

어머니시여 당신은 언제까지나 침묵하시렵니까?

아기들은 당신의 대답을 기다리기에 너무나 지쳤습니다

2

어머니시여 돌이켜 생각하니 나무나 아득합니다

그때 바닷가에서 쌓던 모래성은 하나의 공중누각이었습니다

그리고 보릿짚 위에 궁굴면서 헤이던 별들은 오래지 않아 사라질 무지개였습니다

그렇습니다 이제는 쌓았던 모래성도 무너지고 헤이던 별들도 사라졌습니다

오직 남은 것은 사나운 물결과 캄캄한 어둠뿐입니다

△

그때엔 지극히 고이시는 당신의 품속에서 공중을
향하여 나는 파랑새처럼 뛰어나와
왼하루 바닷가 모래밭에서 뛰고 춤추며 노래하였
습니다
그때 어린 눈이 아득히 바라보던 바다의 수평선
저어쪽에는
오직 평화의 물새떼가 은빛 나래로 춤을 추며 사
랑의 노래를 부르고 있었습니다
이것이 하루바삐 따뜻한 당신의 품을 떠나는 크다
란 유혹이 되었습니다

3

어머니시여!

사랑하는 아기가 장차 당신의 품을 떠나려 할 때에

아직도 젊으신 당신의 얼굴에는 조그마한 걱정의 빛이 어리웠었습니다

그것은 돛도 없고 키도 없이 한바다에 떠나가려는 아기의 길을 걱정함이었겠지요

커다란 유혹에 끌린 당신의 아기는 그것을 모른 바 아니언마는 그래도 떠나고야 말았습니다

△

당신께서는 사랑하는 아기의 가려 하는 길을 차마 막지 못하여

아기가 쌓은 바닷가의 모래성을 의지하여 수정 같은 눈물을 흘리시며

점점 멀어 가는 아기의 조그마한 배를 향하여 흰 수건을 두르고 계셨습니다

그러나 철 모르는 당신의 아기는 따뜻한 어머니의 품을 떠나는 조그마한 서러움도 느끼지 않았습니다

오직 평화의 물새떼가 은빛 나래로 춤을 추며 사랑의 노래를 불러 대는 그곳만이 보이었습니다

△

어머니시여!

돛도 없고 키도 없이 한바다에 띄운 아기의 배가
비록 바람이 없다 하온들 어찌 안전키를 바라겠습
니까?

당신의 아기가 정성껏 쌓은 모래성과 함께 당신이
두르시는 흰 수건이 보이지 않을 때에는 아아! 어찌
뜻하였겠습니까? 사나운 물결과 캄캄한 어둠은 아
기의 배를 삼키려 합니다

4

어머니시여!

돌이켜 바라보니 따뜻하던 당신의 품은 아득한 옛
말 속에 아른거리고

하늘을 우러르니 총총하던 별들도 간 곳이 없습

니다

그리고 은빛 나래로 춤을 추는 평화의 물새떼도 찾을 길 없습니다

이와 같이 모든 것을 잃어버리고 캄캄한 어둠 속에 헤매이던 당신의 아기는 오직 〈빛〉과 〈바람〉이 새 길을 찾기에 여지없이 지쳤습니다

△

그러나 어머니시여 안심하소서

당신의 아기는 아직까지도 낙심하지는 않습니다

〈빛〉과 〈바람〉의 새 길을 찾을 때까지 끝까지 노력하겠습니다

아기의 이같은 노력은 반드시 헛되지 않고 보람이

있으리라 굳게 굳게 믿습니다
　이 믿음만이 오직 이 믿음만이 아기에게 커다란
힘과 뜨거운 용기를 빚어 줍니다

큰글한국문학선집
: 박아지 작품선집

2. 서사시

만향(晚香)

晚香─人生의 못가에 낚시를 드리우고 서서
"무엇일까
잡힐듯 잡힐듯 잡히지 않는것이 무엇일까
이못에 물은 얼마나 깊을까
이물은 어디서 왔다가 어디로 가는것일까
이 못속에는 무엇이 들었을까
영원한 청춘인 세월 그도 아직 대답을 못하니 이
못은 영원히 풀수 없는 수수꺼끼가 되고말것인가
이못속에 깊이 깊이 들어가볼수는 없을까"

女子─영원한 청춘 歲月, 理想──
"너이들은 이곳에서 무엇을 하고 잇느냐
그 호기심에 가득찬 얼굴 빛은 무엇을 찾음이냐
왜? 그 별같은 눈들만 깜박이고 섰느냐

꽂을 꺾어 입에 대고 만지작거리기만 하느냐
아이들아 대답을 못하겠느냐?"

晚香
"어머니 당신은 인자 하십니다
아이들은 이 못속에 무엇이 있는지
그것이 못견디게 궁금하답니다
당신은 반드시 알으실것입니다
애기들을 위하여 가르쳐 주소서"

女人
"아이들아 ―
이 얕은 못에 담긴 호기심은 어린애기들께 맡겨두
고 저깊은바다에 아름다운 **眞珠**를 캐어볼 용기는
없느냐
이 누리에 제일 크고 아름다운 보배를 캐어볼 용
기는 없느냐"

晩香
"어머니 그 바다 밑에 진주는 있겠습니까
누가 캐어본 사람이 있습니까
있다면 그것은 누구입니까
우리들도 캘수가 있겠습니까?"

女人
"나는 지나간 몇천만년 내 눈으로 보았았다
너희들은 나의 말을 믿어도 좋다
그 바다 밑에 진주를 캔사람은 하도 많다
소크라테스 풀라톤 아리스토털네스도 캐였었다
예수도 석가도 공자도 노자도 캐었었다
칸트도 헤겔도 맑쓰도 캐었었다
그러나 그것은 나의 만족한 진주는 아니였었다
나의 만족할 진주는 아직도 바다밑에 확실히 있다
너희들도 진정한 노력만 있다면 캘수 있을것이다
만족할 최후의 진주는 못캔다 하더라도
보담 크고 아름다운 진주를 캘수는 있을것이다"

晩香

"우리들은 당신이 만족할 최후의 진주를 캘수는
없겠습니까

우리들은 당신의 만족을 위하여 노력하여야 할것
이 아닙니까

그것을 캘수 없다면 우리들에게는 희망이 없지 않
습니까

희망이 없다면 노력도 없을것이 아닙니까

우리들은 참으로 최후의 진주를 캘수는 없겠습니까"

女人

"아희들아 너희들도 아마 최후의 진주를 캘수는
없겠지

그것을 캔다면 나의 청춘은 영원에서 떠나야 할터
이니까

지나간 몇천만년 영원을 자랑하던 나의 청춘은 시
들어져야 할터이니까

너희들이 만일 보담 크고 아름다운진주를 캔다하
더라도 나는 또한 만족하지 않을것이다

그리하여 앞으로 닥어오는 몇천만년 영원한 청춘을 자랑할것이다"

晩香

"인자하신 어머니 당신은 너무나 욕심이 많으십니다

그렇다면 그최후의 진주는 영원히 캐지 못할것입니다

영원히 캘수 없다면 아이들은 위험을 무릅쓰고
바다밑에 들어가 보려고도 하지않을것입니다

그렇다면 人生이란 희망이 없고 노력이 없을것입니다

값이 없고 빛이 없는 적막한 삶이겠지요

그래도 당신은 영원한 청춘을 자랑하여야 하겠습니까"

女人

"그러니까 더욱 영원한 청춘을 자랑하는것이다
누가 한번 최후의 진주를 캐었다면

그리고 캐어볼 아무것도 있지 않다면
그때야 말로 희망이 없고 노력이 없을것이다
값이 없고 빛이 없을것이다
그때는 적막한 삶이 아니오 완전한 죽음일것이다
人生으로서의 마지막 날일것이다
그러니까 人生이란 보담 크고 아름다운 진주를 캐
기 위하여
영원히 희망하고 영원히 노력할것뿐이다
그리하여 보담 크고 아름다운 진주를 ―
또 그보담 크고 아름다운 또 그보담 ――
여기에만 빛이 있고 값이 있는것이다
영원한 희망이 있고 노력이 있는 것이다
영원한 人生이 있고 삶이 있는것이다
그리하여 나는 영원한 청춘을 자랑할것이다
늙음도 죽음도 없는 영원한 젊음을 자랑할것이다
너희들도 빛이 있고 값이 있게 살려거든
보담 크고 아름다운 진주를 캐기 위하여
용감하게 저바다속에 뛰어들어야 할것이다
그리하여 그보담 크고 아름다운 진주를 희망하고

그희망을 살리기 위하여 노력하여야 할 것이다”

晩香

“어머니 당신은 인자하십니다
어두웁도록 돌아가지 않는 아이들을 걱정하겠지요
우리들은 갈길을 잊어바렸습니다
우리들의 갈길이란 다시 없겠습니까
바다속으로 속으로 파고 들어가는것뿐이겠읍니까
우리들의 할일이란 진주를 캐는 그것뿐이겠습니까
진주란 바다에 밖에 없는것입니까
땅에도 江에도 山에도 하늘에도 없는것입니까
바다말고는 진주를 찾을 곳이 없겠습니까”

女人

“저어 山에 높이높이 오르는 길도 있다
너희들은 인제 낮은 언덕이나 얕은 못가에서
하늘에 총총한 별들을 헤이는것은 애기들에게 맡
겨도 좋다
그것은 어린애기들의 꿈이오 동경이오 수수꺼끼다

너희들은 인제 그 수수꺼끼를 풀어볼 때가되었다

저 山에 높이올라 그 별들을 따볼 용기를 내일 때가 되였다

그 별을 따는것은 진주를 캐는것과 같이 귀하고 아름답다"

晩香
"그별을 어떻게 딸수가 있겠습니까

별을 따본 사람이 누가 있었습니까

그 별을 딴 사람이 누구입니까

그별을 딴 사람은 누구입니까"

女人
"별을 딴 사람은 하도 많다

앞으로 딸 사람도 수없이 많을것이다

공연한 의심을 베풀지 말어라

희망이 있는 곳에 반드시 노력이 있을것이다

노력이 있는 곳에 반드시 거둠이 있을 것이다"

晩香

"그것은 확실히 알았습니다
그리고 또 굳게 믿습니다
그러나 그별을 딴 사람은 누구입니까
앞으로 딸 사람은 누구입니까"

女人

"별을 딴 사람은 하도 많으니 어떻게 헤이겠느냐
너희들은 이태백 두자미 백락천 원미지를 알겠고나
데오구리도스 마아지루 쪼오사 단테 봇카치오
밀톤 빠이론 뽀드레르 꾀에데 하이네
횟트맨 카아펜타 타고아 나이두
쉑스피어 라시이누 하프트맨
싱그 버나드쇼 마이데링크 구레고리
셀반데스 빨뷰스 듀마 유고 발작크 모팟상 푸쉬킹
고고리 트르게네프 떠스터엡스키 톨스토이 체홉 꼴
키 싱그레아 쏘라 로맨로랑 후란스 이바니에스딴눈
치오 스토우 베도벤 슈벨트 와구네루 롯슈안체리고
레오날드 다빈치 미케란제로 라파에루 아마짠 딜레

그리고 라오콩 彫刻像의 作者들
　이들은 모두 山에 높이 올라 별들을 딴 사람이다
　이 밖에도 수없이 많이 있다
　너희들도 노력만 한다면 누구든지 딸수 있을것이
다”

　晩香
“그러면 그 가운데 누가 제일 크고 아름다운 별을
땄습니까 누가 당신의 만족할 별을 땄습니까
　당신이 만족할 별을 딴 사람은 누구입니까?”

　女人
“나에겐 만족이란 없다고 하지 않었느냐
　나는 만족하는 날이 늙는 날이오 죽는 날이다
　영원한 청춘을 자랑하는 나에게 어찌 만족이 있겠
느냐
　보담크고 아름다운 별이 있을뿐이다”

晚香

"보담 크고 아름다운 별을 딴 사람은 누구입니까
누가 제일 크고 아름다운 별을 땄습니까"

女人

"저 山에 제일 높으게 오른 사람이 보담 크고 아
름다운 별을 딸것이다
높이 오를쑤록 보담 크고 아름다운 별을 딸것이다"

晚香

"누가 제일 높으게 올랐습니까
보담 높으게 오른 사람은 누구입니까"

女人

"그것은 누구보담도 높으게 오르지 않으면 모를
것이다
남이 오른데까지 미치지 못하면 그 높이를 헤아리
지 못할것이다
그것은 내나 너희들이나 맛찬가지다

그것을 알려면 그들 보담 더 높이 올라야 할것이다
여기에만 人生의 向上이 있고 기쁨이 있는것이다"

晚香
"그러면 우리들은 저山에 올라야 하겠습니다
누가 제일 높이 올라섯는가를 알기 위하여
그리고 보담 크고 아름다운 별을 따기 위하여
이제부터 저 山에 올라야 하겠습니다"

晚香
"아아! 시언한 아침이다
아름다운 아침이다
캄캄한 밤은 지나갔다
밝은 빛은 나의 앞길을 인도할것이다
이만콤 높이 올랐으니 조금 쉬여가자
바람도 시언하고 眼界도 훨신 넓어졌다"

靑年─名譽
"나는 당신에게 명예를 드리러 왔습니다

당신은 캄캄한 밤을 헤치고 용감하게도 높이 올랐
습니다
저 山밑을 나려다 보십시오.
저렇게 많은 少年들 아직도 오르고 있지 않습니까
당신은 제일 먼저 제일 높으게 올랐습니다
참으로 훌륭한 성공입니다
당신은 이 명예의 花冠을 쓰서도 좋습니다"

處女―亨樂
"나는 당신에게 연애와 향락을 받치러 왔습니다
화관을 쓰신 당신은 王子와 같이 아름답습니다
그것을 쓰신이상 이 花環을 가지셔도 좋습니다
이제부터 모든 새들은 당신을 위하여 노래할것이오
풀과 나무와 꽃들은 당신을 위하여 춤을 출것입니다
그리하여 당신은 이 세상에서 제일 행복된 사람이
되실것입니다"

晩香
"그러나 아직 만족할 때가 아닙니다

자랑할 때도 못되었습니다

성공과 명예와 만족이란 이런 곳에 있지 않습니다

희망하고 노력하는 가운데만 있다고 하였습니다

그리고 성공과 명예란 자랑할것도 만족할것도 향락할것도 아닙니다

희망과 노력이 끝난 다음에 알어질것입니다

人生의 삶이란 희망과 노력에만 있다고 하였습니다

희망과 노력을 없이 함에는 오직 죽음이 있을뿐입니다

우리들은 영원히 희망하고 노력할것뿐입니다

그리하여 보담 크고 아름다운 별을 딸것입니다"

女人

"그 화관을 쓰고 화환을 안는것이 누구냐

너는 벌서 늙으려느냐 죽으려느냐

희망을버리고 노력을 바리려느냐

보담 크고 아름다운 별을 따려든 약속은 어찌 하였느냐

아래만을 보지 말고 머리를 들어 山위를 쳐다보아라"

晚香

"아! 영원히 젊으시고 영원히 모르시는 어머니시여!

당신의 애기는 지칠대로 지쳤습니다

나의 곁에 오소서 나의 손을 이끌어주소서

인자하신 당신의 얼굴만이라도 보여주소서"

女人

"너머 급히 굴지 말고 머리를 숙여 저 아래를 나려다 보아라

아직도 많은 少年들이 오르고 있지 않느냐

靑年과 處女의 앞에서 화관을 쓰고 화환을 안고

춤추고 노래하는 사람도 있지 않으냐

아직 부즈런히 오르는 사람도 있지 않으냐

너머 급하게 굴지말고 천천히 그러나 부즈런히 오를것이다"

晚香

"어머니 우리들은 저들을 나려다 보며 이자리에서 만족하여야겠습니까 어찌하여 아래를 보라고 하

십니까

　당신의 마음씨는 헤아릴길 없습니다

　위를 쳐다 보라고 하지 않았습니까

　그리고 만족이란 영원히 없다고 하지 않았습니까

　어머니시여

　우리들은 밑을나려다 보며 웃어야 하겠습니까

　위를 쳐다보며 울어야겠습니까"

　女人

　"우리들은 웃기도하고 울기도 하여야 한다

　피를 흘리며 눈물을 삼키고 기어올라야 한다

　저 바위돌을 보아라

　먼저 올른 사람들의 발자죽 자죽마다 피 흔적이

아니냐

　별을 따려면 누구나 피를 흘려야 한다

　피를 흘리지 않고 별을 딴 누가 있느냐

　발은 아프고 몹시 초조하여 낙망에 가까울 때에는

굽어보며 웃기도하여야 한다

　그리하여 원기를 회복하거던 다시 위를 쳐다보며

피덧는 발을 옮겨야 할것이다
　이렇게 우리들의 걸음은 더디기는하나 끈칠줄은
없어야 할것이다
　쳐다만보고 초조히 울기만 하다가는 낙망하여 꺼
꾸러질것이다
　그러나 굽어만 보고 웃기만 하다가는 마침내 오르
지 못할것이다"

　晚香
　"알었습니다
　우리들은 웃기도 울기도 하여야 하겠습니다
　그리하여 끈칠줄이 없어야 하겠습니다
　보담 높으게 오르기 위하여
　보담 크고 아름다운 별을 따기 위하여
　천천히 그러나 부즈런히 올라야 하겠습니다"

　女人
　"그렇다 천천히 그러나 부즈런히
　꺼질줄모르는 바람이있고

끈칠줄 모르는 노력이 있을뿐이다

여기에만 영원한 젊음이 있고 기쁨이 있고 빛이 있는것이다

人生이 깊어지고 藝術이 높어질것이다

우리들의 바람과 노력은 우리들의 목슴과 같이 할 것이다"

－丙子 初春 於鶯峰山下－

큰글한국문학선집
: 박아지 작품선집

3. 시극(詩劇)

어머니와 딸

(전 3 막)

인 물

모(母)	45세
그의 딸 옥이(玉伊)	21세
옥이의 부(父)	42세
옥이의 오빠 김구(金九)	23세
옥이의 외조부	70세
옥이의 애인 임호(林浩)	25세
임호의 모(母)	60세

하녀, 대서인(代書人), 우편배달부, 동네 처녀, 동네 노파, 걸인 등

때

현대의 일

장소

늦은 봄날 조선 중부의 조그마한 도시에 있는 옥이 모녀가 별거하는 집과 그 근교의 임호의 집에서 생긴 일.

제1막

〈무 대〉

낡은 기와집 세 칸 마루 오른쪽 전방으로 부엌에, 후방으로 안방에 통하는 문이 있고 왼쪽 후방으로 건넌방에 통하는 문, 전방으로 조금 떨어져서 대문, 마루는 유리 분합문을 좌우로 닫아제끼고 후면 벽에 기대어 안방 쪽으로 화려한 찬장, 그 밑음에 3척 높이의 금고가 있고 조금 사이를 떼어 쌀뒤주, 그 위에 축음기가 얹혔고 건넌방 쪽으로 조금 사치한 서상(書箱), 그 앞에 테이블 의자 두 개, 그리고 테이블 위에는 몇 권의 책과 잉크·필통·화병 등속이 질서없이 놓여 있다. 후면 벽 중앙 기둥에 시계가 오후 1시를 가리키고 있고 그 위에는 풍경화의 자수가 걸려 있다. 마루 중앙 천장에는 전등이 달렸고 마루 앞 처마끝에는 풍경이 달려 있다. 마루 앞 섬

돌 위에는 석류·파초·치자 등의 화초분이 놓여 있다. 늦은봄 첫여름에 적당히 산뜻한 출입복을 입은 옥이가 테이블 곁에 기대어 화병에 꽂힌 적색 장미꽃을 만지작거리며 수연(愁然)히 서 있다.

옥이　황금의 위력으로 인간의 의지를 정복하려는 욕망
　　　인간의 의지로 황금의 위력을 정복하려는 의지
　　　나는 상반한 이 욕망과 의지의 사이에서
　　　영원히 방황하며 괴롭지 않으면 안 될 것인가?
　　　(가만가만 건넌방 문에 귀를 기울인다. 노인(외
　　　조부)의 신음하는 소리, 기침 소리, 다시 테이블
　　　곁에 돌아와서 꽃송이를 입술에 사르르 대며 꿈
　　　을 보는 듯한 표정으로)
　　　그것이 벌써 3년인가?
　　　그이가 장미꽃 흰 송이를 주던 때가
　　　작년에 주신 것은 확실히 담홍이었지
　　　이번에는 이같이 핏빛 같은 장미꽃!
　　　흰 것은 사랑의 순정!
　　　담홍은 사랑의 맹서!

핏빛같이 붉은 것은 목숨을 바쳐 사랑하는 뜻이
라지
그이는 이같이 나를 사랑하건마는
나는 어찌할까 그이를 따라갈까
나의 사랑 나의 청춘을 살리기 위하여 —
아니 아니 안 될 말이여 어머니를 두고,
외로우신 어머니를 홀로 두고
한평생 적막하게 지내신 어머니!
나에게만 정을 붙이신 어머니!
나는 인자하신 나의 어머니를 위하여
나의 사랑 나의 청춘을 희생하는 것이 옳을 듯
하여 —
아니 아니 그것도 안 될 말이지
3년 전 그이가 처음으로 나에게 보내던 그 미소!
그 샛별 같은 눈, 정열에 타는 듯하던 그 표정!
나는 어찌도 부끄럽던지 줄달음쳤지
그러나 내 가슴에 숨었던 처녀 은근히 내 손길
잡고
'아니오 그것은 당신을 부르는 무언(無言)의 노

래요’

이렇게 속삭여 내 걸음을 멈추게 하였거니

나는 어느 한때 가슴 떨리던 그 순간을 잊어본
적이 있었던가?

그때부터 나는 어머니 사랑에 불만을 느꼈었지

고요한 봄날 기울어지는 새벽달이 자줏빛 안개
속에 아직일 때에

허공을 껴안고 발발 떠는 가슴에 사무치는 외
로움!

그때부터 나의 가슴에 깃들인 이 외로움은 얼마
나 쓰리고도 달콤하였던가?

어머니의 사랑은 잔잔한 물결과 같을 뿐,

나는 천길 폭포에 휩싸여 떨어지는 순간과도
같은,

짜릿하고 긴장한 사랑의 모험을 시험하고 싶었
거니

그의 체격, 그의 의지는 참으로 폭포를 이고 섰
는 바위와도 같지 않은가!

어느때나 빙글거리는 활발한 그의 기상, 우렁찬

그의 음성!

쏟아지는 폭포같이 웅장하고 흩날리는 물방울 같이 시원하지 않은가?

어머니의 정을 차버리고 그의 품에 뛰어갈까?

그의 사랑을 물리치고 어머니 품에 기어들까?

어머니와 그이는 영원히 딴 길만 걸으려 하시니

평행도 아니요 교차된 직선과 같이 점점 멀어만 지니

그 사이에 선 나는 어느 길을 더듬어가야 옳을까?

아! 괴로워 ― 나는 괴로워 ―

그러나 오늘은 가보아야 할 터인데,

(화병을 도로 놓고 의자에 힘없이 걸터앉아 안 방문을 바라보며)

어머니는 아직도 주무시나

아이 갑갑해 언제나 나가나

낮잠을 길게도 주무시지 ―

(대문이 열리며 학생복에 사각모를 쓴 김구가 들어온다)

김구 (분망한 태도나 다정한 말씨로)

옥이야!

옥이 (토끼처럼 가볍게 깡총 뛰며 마루끝에 서서 반
색하며)

아이 오빠 !

김구 어머니는 ?

옥이 주무신답니다.

아버지는 안녕하세요.

김구 아버지도 이리 오실 듯하다.

옥이 네? (깜짝 놀라 오빠의 얼굴을 말없이 바라보
다가)

아버지가 이리 오시다니요?

참말이세요? 네?

김구 글쎄?

옥이 (구두끈을 끌르고 마루에 올라서는 오빠의 팔
에 매달리며)

오빠! 아버지가 오시다니요,

10년이 넘도록 돌보시지 않던 아버지가 오시다
니요,

그러면 우리들은 한집에 살게 되겠지요? 네?

(너무 기뻐서 어쩔 줄을 모르는 모양)

(안방문이 홱 열리며 낮잠이 바야흐로 무르녹은 게슴츠레한 눈을 비비며 어머니가 나오신다. 20년 가깝게 독신으로 지낸 것만치 아직도 늙은 티 하나 없는 풍부한 육체, 조금 구겨졌으나 사치한 옷맵시다. 한때 여학교 다닌만큼 교양 있는 느릿한 말씨다)

모   너 언제 왔니?

김구 어머니.

(남매는 함께 어머니 쪽에 돌아서며 아들은 허리를 굽히고 옥이는 어머니께 뛰어가서 매달리며)

옥이 어머니 아버지가 오신대요.

밤낮 그리웁던 아버지가

얼마나 기쁠까 ? 아버지가 오신다면 —

모   (어떻게 하면 좋을지 마음에 결정이 없는 듯 한참이나 묵묵히 섰더니 갑자기 생각난 듯이 얼른 돌아서서 금고 앞에 가서 금고를 스르르 만져보고 단단히 잠겼나를 시험하여본다. 이때 김구는 그걸 보고 옥이와 눈을 맞추며 가늘게

한숨을 짓는다. 어머니 다시 돌아오며 냉정한
말씨로)
너의 아버지야 오시나 마나
우리 집안에 무슨 기쁨이 있겠느냐?
벌써 옛날에 남이 된 그가 아니냐
잠깐 다녀가는 나그네나 다름이 없을 텐데
옥이야! 무엇이 그다지 기쁘겠느냐
구야! 앉어라
옥이야! 방석을 갖다 깔아주어라.
(옥이 안방에 가서 방석을 갖다가 어머니와 오
빠께 깔아준다. 어머니도 앉고 오빠도 앉는다.
옥이는 오빠 곁에 앉을까? 어머니 곁에 앉을까?
한참 망설이다가)

옥이 난 오빠 곁에 앉을 테야요. (앉는다)

모   (한참이나 남매를 물끄러미 바라보다가 처연하게)
가엾은 아이들아
옥이는 아버지의 사랑을 얼마나 그리웠으며
구야 너는 어머니의 품이 얼마나 그리웠느냐
작은어머니의 학대도 있었을 게요,

너의 아버지도 친절한 편은 아니었겠지
옥이가 4년 동안이나 서울 학교에 다녔으나
너희 집에 찾어가지 않은 걸 너는 알겠지
너는 우리 집에 찾어오건마는 ―
우리 집이야 외할아버님과 나와 옥이만 있으니까
허나 너희 집에는 수원집(작은어머니)이 있으니
까 그 빈정거리는
눈총이 싫어서 안 갔느니라.

김구 어머니 우리 집 소식은 들으셨겠지요,
아버지는 장사의 실패로 파산을 하시고
작은어머니는 싸우고 떠나시고
할아버지와 할머니는 한숨만 지으시고
어린애들은 울기만 하고
나는 학교에도 못 가게 되고
흥 얼마나 비참한 집안입니까?
아버지는 약주만 잡수시고
반드시 올 때가 왔건마는 아버지는 화만 내시
지요,
당신 한 몸도 주체를 못하시면서 내 걱정은 무던

히 하시지.

옥이 어머니 (애원하는 듯한 말씨로)

　　오빠는 우리 집에서 사시고 학교에 다니게 하시죠

　　아버지도 같이 와서 사시게 하시고요.

모　　옥이야! (한숨을 지으시며)

　　이 철 모르는 계집애야

　　너희 아버지는 나와 남이 된 지 오래다

　　젖먹는 너는 계집애라고 돌보지도 않고

　　너희 오빠는 공부를 시킨다고

　　나의 품을 안 떠나려는 어린것을 빼앗아갈 때

　　나는 얼마나 원통하였겠느냐

　　얼마나 울었겠느냐

　　구야 너도 생각해보아라

　　네가 철들어 내 집에 올 때마다

　　너희 집 모든 식구들은 얼마나 꺼려하였느냐

　　그래도 너는 어미의 정을 못 잊어 찾아올 때마다

　　내 진정으로 너를 붙잡고

　　외로운 나를 버리지 말고

　　나의 곁에 있어 달라고 얼마나 애원하였느냐

그래도 너는 외로운 우리 모녀를 버리고
아버지께로 돌아가더니
아! 그때의 나의 가슴을 무엇이라고 말하겠느냐
인정 없는 야속한 자식이라고
아버지편만 하는 얄미운 자식이라고
나는 너를 얼마나 원망하였겠느냐
옥이를 훌륭한 사람을 만들어
구야 ! 너보담 더 훌륭한 사람을 만들어
나의 원통한 가슴을 씻으려 하였다
그리고 이를 깨물고 돈을 모아서
돈으로 해서 받은 설움을 갚으려 하였다
그때의 너희 아버지가 나를 쫓기 위하여
눈꼽만큼 주던 그 재산이
20년 가까운 나의 피땀어린 노력으로
오늘은 10만을 헤아리는 나의 자랑이 되었다.
아이들아 웃지 말어라
정직한 고백이다
너희 아버지의 몰락을 나는 은근히 빌었었다.
오늘이야 나의 오십 평생 쌓이고 쌓였던 원통한

가슴을 씻을까보다.

(옥이 민망한 듯이 오빠의 얼굴을 쳐다본다. 구
는 당연한 일이라는 듯한 표정으로)

김구 나이가 차니까 어머니 가슴도 짐작하겠습니다

방탕하던 아버지 반생에는 마땅히 올 날이 왔습
니다

이제는 이 아들의 어깨에 집안의 짐을 지우려고

나를 붙잡어 집안에 두실 작정입니다

그러나 나는 곰팡 쓴 집안에 하루도 못 있을 것
입니다

그 질식할 듯한 무거운 공기를 나는 차마 못 견
디겠습니다

나는 시원한 새 공기가 그리워졌습니다

조롱에 갇힌 새가 허공을 그리듯이

연못에 갇힌 고기가 바다를 그리듯이

시원한 넓은 세상과 새 공기가 그리워졌습니다

그래서 나는 집을 나왔습니다

그래도 아버지는 나를 찾어다니십니다

나를 그 조롱 속에 잡아 가두시려고 ―

옥이 오빠 그럼 우리 집에 계시지요,
     어머니 그렇게 하시지요, 네 ―
김구 돈내 나는 어머니 집도 나는 싫다
     내가 오니까 어머니께서 금고의 자물쇠를 만지
     지 않더냐.
옥이 (얼른 말을 가로질러)
     아니 오빠 그건 어머니의 습관이어요,
모   (못마땅하다는 듯이)
     그렇겠지 아버지를 배반한 자식이 어머니라고
     배반하지 않겠느냐?
김구 아버지나 어머니를 배반하는 것이 아니지요,
     나의 시대 나의 세계에 새로운 삶을 찾으려 함이
     지요.
     (대문이 열리며 아버지가 들어온다. 키는 보통
     키나 나이보담은 훨씬 쇠약하고 초최한 모양,
     낡은 양복, 찌그러진 모자, 기운 구두, 모두가
     몰락한 옛날의 재산가임을 설명하는 듯하다. 걸
     음까지라도 ―)
부   구가 여기 왔느냐? (마루 아래서 어름어름한다)

옥이 아버지 ─

(옥이는 마루 앞에 나서고 구는 그냥 일어서기만 하고 어머니는 앉은 채 물끄러미 남편을 바라보다가 냉정하고도 침착한 말씨로 ─)

모   어느 길가에서 한번 지나치며 본 듯한 얼굴이오, 무슨 일로 오셨소

길을 잘못 드셨나보오

참, 구를 찾아오셨다지요

구야 너를 찾어오신 손님이다 나가보아라.

옥이 아이 어머니. (눈물이 글썽글썽하여 발을 동동 구른다)

김구 아버지 아무리 찾아오셔도 소용없으십니다.

통명스럽게 (말하고 의자에 가서 걸터앉아 책을 뒤적거리며)

나는 집에 안 들어갈 것입니다

아버지 뒤집으신 물그릇을 나는 어떻게 할 수 없습니다

아버지 자신도 아마 회복하시기는 어려울 것입니다

　　　　그 헝크러진 집안 속에 젊은 아들을 가두려 하시나
　　　　나는 결단코 들어가지 않을 것입니다.
모　　너를 찾는 손님이거든 네 집에 모실 것이 아니냐
　　　　내 방에는 당치도 않다
　　　　옥이야 그 유리문을 닫어라. (아주 냉정하게)
부　　흥 이건 누구 집인데?
　　　　(성난 듯 빈정거리는 태도로 마루에 걸터앉는다)
옥이　아버지 올라오십시오, 네.
　　　　(마루 아래 가서 구두를 벗기려 한다)
부　　그냥 두어라. (성난 듯이 말을 끌어들인다)
모　　옥이야 이 불쌍한 계집애야,
　　　　얼마나 아버지의 사랑이 그리웠기에
　　　　지나가는 나그네를 보고 아버지라 하느냐
　　　　너에게 인자한 말 한마디 하여주실 그가 아니다
　　　　어서 올라와 어머니 곁에 앉아 있거라.
　　　　(옥이 무참하게 머리를 숙이고 올라와서 의자를
　　　　끌어다가 오빠와 마주앉아 눈물을 씻는다. 무거
　　　　운 침묵 —)
부　　내가 장사에 실패를 하였으니

구를 맡어 공부를 시키든지

이 집을 비워놓든지 하란 말이여.

김구 (분연히 일어나서 아버지 앞으로 한 발 나서며
큰소리로)

아버지 이게 누구 집인 줄 아십니까

아버지가 사셨으나 아버지 소유는 아닙니다

아버지는 아버지의 권리를 주장하기 위하여

아니 그보담도 어머니의 권리를 빼앗기 위하여

한평생 별거는 하더라도 호적에만은 그냥 두어

달라는 어머니의 애원을 물리치시고

어머니의 이름 위에 붉은 줄을 긋게 하지 않았습
니까

그 때문에 ─ 그렇습니다. 그런 형식 때문에

어머니는 아버지께 대한 모든 요구의 권리를 빼
앗기고 말었습니다.

그대신 어머니도 이 집을 소유하는 훌륭한 형식
을 차리셨습니다.

아버지는 이 집에 대한 조고마한 권리도 없습
니다.

모   사내다운 의기를 보여주는 귀여운 나의 애기야.
      그렇다. 형식으로 사람의 권리를 빼앗기도 하고
      형식으로 나의 권리를 주장하기도 하는 시대다
      나도 그런 형식에 짓밟혀 안해로서의 권리를 완
      전히 빼앗기고 말었다
      그렇거든 나의 명의로 등록된 훌륭한 형식이 있
      는 이 집에
      나의 권리를 주장함이 정당하지 않으냐?

옥이 (어머니 곁에 와서 무릎을 꿇고 앉으며)
      어머니 형식은 무엇이고 권리는 무엇입니까
      어머니로서의 인자함이 있고
      자식으로서의 그리움이 있지 않습니까?

김구 (의자에 주저앉아 괴로운 듯 두 손으로 얼굴을
      가리며)
      인정이나 의리를 말하는 것은 우리의 시대에 생
      긴 말이다
      아버지나 어머니 시대에는 적당치 않은 말이다
      형식과 권리만 주장하는 아버지와 어머니는
      영원히 일치하지 못한 것이다

그렇다 영원히 ―

그 사이에 짓밟힌 것은 우리들뿐이다

우리들은 우리들의 시대를 주장할 때가 되었다

나는 인제부터 아버지 아들은 아니다

어머니의 애기도 아니다

학교도 일이 없다

나는 나대로 살어야겠다

(분연히 일어나 뚜벅뚜벅 마루 아래 가 구두를

신고)

아버지 안녕히

어머니 안녕히 ―

자식들(새 시대)의 존재란 영원히 이해하지 못

할 터이니

당신들의 시대에서 당신들의 권리만을 주장하

다가

당신들의 형식 속에 고요히 돌아가소서

이것이 영원한 고별인 것도 알어주소서

그러면 옥이야 나는 간다.

(획 돌아서서 대문 밖으로 나가버린다.)

옥이 아 — 오빠! (마루끝에 뛰어 나온다)

모   (극히 냉정하고 침착하게)

구는 갔습니다

구를 찾아오신 손님이거든 구를 따라가소서.

옥이 어머니는 너무 잔인하십니다

어린 딸이 밤낮 그리던 아버지를 오게 하소서

우리 집에 오게 하소서

아버지의 호화롭던 꽃은 떨어졌습니다

그것만으로 만족하소서

어머니의 승리를 삼으소서

그리고 아버지 어머니의 쓰리던 심사를 생각하
소서

다정하게 머리를 숙이소서.

부   (가만히 한숨을 짓고 어색한 말씨로)

옥이야 네 말과 같이 나는 몰락하였다

그러나 사나이의 자존심은 머리를 숙이지 않는다.

나는 가야겠다 — 나는 가야겠다.

(수연히 일어나 나간다. 옥이 맨발로 마루 아래
내려서며)

옥이 아 ― 아버지 ― (땅에 주저앉는다)

부   귀여운 딸아 나의 비닭이(비둘기)야 울지 말어
    라 갈 사람은 가야 한다
    (갑자기 침착을 잃으며 미친 듯이 일어나서)
    하 ― 하 ― 하 ― 하하하 ― 하하하 ―
    아 ― 통쾌하다. 돈, 돈, 돈,
    (휙 돌아서서 금고 앞에 가며 주머니에서 열쇠
    를 꺼내어 금고문을 연다. 그리고 지전 한 뭉치
    를 꺼내들고 돌아서며)
    돈, 돈, 돈,
    인정으로도, 정성으로도, 눈물로도 걸어오지 못
    하던 사람을
    그렇다 돈아! 네가 끌어왔고나
    너의 앞에는 모두가 머리를 숙이는고나
    아! 돈, 돈, 돈을 모아야 한다
    더 많이 더 많이 모아야 한다
    애 옥이야 어멈을 불러라 어멈을 불러라.
    (대문 밖에서 찾는 소리 난다. 옥이 나가 문을
    연다. 대서인이 검은 가방을 끼고 모자를 한 손

에 들고 들어온다. 옥이 허리를 조금 굽힌다)

대 어머니는 계신가요.

옥이 네.

(건넌방에서 갑자기 기침 소리, 신음하는 소리)

모 어서 오십시오.

(지전 뭉치를 금고에 넣고 방석을 마루끝에 깔
아준다. 대서인 걸터앉는다. 하녀가 약을 달여
들고 부엌에서 나와 조심조심 마루에 올라서려
한다)

옥이야 이 약을 할아버지께 갖다드려라

어멈 게 좀 섰게, 내 말 좀 듣게나

(옥이 약을 받아 들고 건넌방으로 들어가고 어
멈은 어쩐 일인지 몰라서 멀거니 서 있다. 어머
니 큰소리로)

어멈 오늘부터 그만두고 나가주게

아니 당장 나가주게.

옥이 (깜짝 놀라 뛰어나오며)

별안간 무슨 말씀이세요,

집도 없고 친척도 없는 그이더러 나가라니

인정 많으신 어머니께서 그런 말씀을 —

(하녀는 눈물부터 글썽글썽하여 아무 대답도 못
하고 애원하는 눈으로 바라보고 섰다)

모   (갑자기 매서운 말씨로)

철 없는 계집애야 돈, 돈이 제일이다

인정이 무엇이냐

20년 가깝게 그림자도 안하던 너의 아버지가

돈 앞에는 머리를 숙이고 오지 않았느냐

돈을 모아야 — 더 많이 모아야 한다

어멈이 있으면 밥을 먹는다. 돈을 주어야 한다

인제는 어멈도 소용없다

내 손으로 밥을 지을 테다

옷도 짓고 빨래도 할 터이다(어멈을 보며)

자 — 어서 나갈 준비를 하게 — 어서 —

(하녀 치마끈으로 눈물을 씻으며 안방으로 들어
간다. 옥이 울상이 되어서 따라 들어간다)

대   갑자기 웬일이십니까?

모   (도로 침착한 말씨로)

아이 참 선생님 웬일이세요.

대   잊으셨읍니까 그 일 때문이지요.

모   참 그렇군요, 그래 가져왔습니까.

대   가져왔으면 문제가 없게요
    한 달만 참어달라고 애원하는데요.
    (난처한 듯이 머리를 긁적긁적한다)

모   안 될 말이지요 기한이 벌써 지났으니
    집이라도 비워놓아야지요.
    경매하여도 800원쯤은 되겠지요.

대   이자와 비용은 어찌합니까.

모   가장 집물까지 경매한다면 되겠지요.

대   그러나 마침 그 집이 순산달이 되어서 길가에
    나갈 수도 없고 ─

모   그거야 내가 압니까. 나의 알 배 아니지요
    나의 받을 것만 받으면 그만이지요.

옥이 (안방에서 나와서 어머니 곁에 꿇어앉으며 나
    직한 말씨로)
    어머니 너무 심하게는 말으십시오.

모   (못마땅하다는 듯이 딸을 흘겨보며)
    심한 것이 무엇이냐 정당한 권리를 주장하는데 ─

마땅히 받을 것을 받는데
나의 피땀으로 모은 돈이다.

대　　그야 그렇지요마는 ―

모　　선생님이야 관계할 배 무엇입니까
나의 권리를 대신 행사할 것뿐이지요.

대　　그야 그렇지요, 그럼 되도록 하겠습니다
안녕히 계십시오. (일어선다)

모　　안녕히 ―
(대서인 나가자 우편배달부가 대문 밖에서 편지
를 던진다)

옥이 (문간에 뛰어가서 편지를 집더니 자기에게 온
것이 아니니까 좀 낙심한 듯이)
할아버지께 오는 편지야요.

외조부의 소리　광주서 왔지? (건넌방에서)

옥이 네, 광주서 왔읍니다. (편지를 뒤져보며)
(할아버지 건넌방에서 겨우 비틀거리며 나온다.
방석 위에 가서 앉는다 성성백발. 수염도 희고
길다. 몹시 쇠약하나 엄숙하고 점잖은 태도다.
기침을 한참 하다가)

조　이리 가져오너라. (옥이 두 손으로 드린다)

모　아버지 또 그 사건이지요.

조　(눈을 스르르 감으며 머리를 끄떡끄떡. 고요하
　　고 엄숙한 태도로 딸을 향하여)
　　이것이 마지막 편지다
　　나는 이 편지를 뜯어보기도 겁난다
　　(한참 사이 ― 뜯어보더니 낙심한 듯이)
　　나의 딸아 나는 인제 죽을 것이다
　　나의 소원을 너는 못 들어준단 말이냐
　　수십 대 혁혁하던 양반의 집안이
　　나의 대에 와서 이같이 몰락하다니
　　저 대대로 전하여 오던 수십 권의 족보를
　　어떻게 처치하고 죽는단 말이냐
　　네가 한 채 집과 몇 마지기 땅을 준다면
　　촌수는 비록 먼 듯하나 이놈을 불러다가 (편지
　　를 들며)
　　양자를 삼어 저 족보를 맡겨야겠다
　　양반의 가문이 일조에 없어지다니 말이 되느냐
　　너는 일상 나를 위하여 우리 집안의 명예를 위하여

한평생을 희생하겠다고 말하였지
그렇거든 인제 나의 마지막 소원을 —
그렇다 이것이 나의 마지막 소원이다
이것을 너는 못 들어준단 말이냐.
(몹시 괴로운 모양)

모   아버지 못하겠습니다. (아버지 앞에 고요히 머
리를 숙이며 침착한 말씨로)
(옥이는 민망한 듯이 할아버지와 어머니를 슬금
슬금 보며 다시 안방으로 들어간다)

조   (몹시 엄숙하고 정중한 말로)
허 — 양반의 자식이 아버지의 명령을 —

모   (또렷한 말로)
아버지 그들은 돈을 주고 양반을 사려고
아버지는 양반을 팔어 돈을 얻으려고
그 사이에 무참히 희생된 것은 이 딸뿐이외다
그러나 그들은 양반도 소용이 없을 때엔 나를
버렸습니다
나는 양반의 체면으로 해서 원한을 품은 채 나의
청춘을 희생했습니다

그때까지도 집안의 명예를 존중하였습니다.

그러나 지금은?

양반도 집안의 명예도 나의 원통한 가슴을 씻어
주지는 못했습니다.

그러나 돈, 오직 돈만은

나의 가슴에 쌓이고 쌓였던 원한을 깨끗이 씻어
주려 합니다

돈 앞에는 모두 머리를 숙입니다

아버지는 자식을 위하여 당신의 시대에 고요히
돌아가소서

집을 주고 땅을 주어야 양자가 되고

사당을 모시고 족보를 물려받는다

그 사람도 벌써 새 시대에 머리를 숙인 사람입니다.

그렇게 돈에 양심이 팔리고 눈이 어두운 사람에게

양반의 집안의 명예를 보존할 수 있겠습니까.

조 (결심한 듯이 머리를 끄떡끄떡하며)

그렇다 너의 말이 옳다

나부텀 돈에 팔렸던 양반이다

그렇게 존중하던 족보를 길가에 버리고

지하에 돌아가서 무슨 면목으로 선친의 얼굴을
대한단 말이냐

차라리 — 아 — 그렇다 차라리 —

(고요히 일어서 건넌방으로 들어간다. 딸은 무
표정하게 앉은 채 멀거니 바라볼 뿐, 한참 사이
— 노인은 도포를 입고 갓을 쓰고 수십 권의 족
보를 안고 나온다)

모   아버지 그걸 가지고 어디로 가시렵니까?

(묵묵히 대답도 없이 책들을 테이블 위에 놓고
그 앞에서 경건하게 세 번 절한다. 옥이 출입하
려고 양산을 들고 안방에서 나오다가 이걸 보고
어쩐 영문인지 몰라서 눈을 크게 뜨고 멀거니
바라보고 섰다. 어머니는 묵묵히 앉았을 뿐 노
인은 다시 책들을 안고 마루 아래 내려가서 마
당 가운데 고요히 놓고 마루끝에 놓인 성냥을
집는다)

옥이   (깜짝 놀라 한 걸음 나서며)

앗 — 할아버지 —

(노인은 못 들은 듯이 성냥을 득 그어 책에 댄다.

　　　　　잠시간에 불은 훨훨 타오른다 ─ 침통한 얼굴빛)

옥이 (절망한 사람처럼 주저앉아 어머니 무릎에 엎
　　　드리며)
　　　어머니 너무나 인색하십니다
　　　너무나 인정이 없으십니다
　　　너무나 잔인하십니다.

모　 (갑자기 히스테리컬하게 ─ 큰소리로)
　　　하하하 ─ 하하하 ─ 하하하 ─

조　 (아무 소리도 안 들리는 모양, 고요히 합장하고
　　　하늘을 쳐다보며)
　　　아 ─ 우리 집안도 끝났다 나의 시대도 끝났다.

제2막

새로 지은 울타리도 없는 조그만한 초가집 건넌방과 임
호의 농사시험장의 일부.
오른쪽 후방으로 건넌방이 있고 전면으로 툇마루, 마루
위의 우편에 조그마한 서가가 놓였는데 화양서적(和洋

書籍)이 가득히 꽂혀있다. 쌍창은 열어젖혔고 방 우편으로 마루를 건너 안방에 통하는 문, 후편 벽에 기대어 커다란 책상 역시 서적이 가득 찼다. 좌편에도 커다란 쌍창이 열려 있고 넓은 툇마루가 있다. 툇마루 후방으로 테이블, 테이블 위에 몇 권의 책과 잉크·좌종, 조그마한 화분이 놓여 있다. 그 앞으로 의자 하나, 마루 아래는 사이네리아·히야신스·카네이션 등의 화분이 10여 개나 규칙 있게 놓여 있다.

조금 떨어져서 무대 중앙에 은행나무 한 그루, 그 뒤로 커다란 파초 한 그루, 또 그 뒤에는 꽃 떨어진 버찌나무, 좌측은 허허벌판, 임의 농사시험장, 후면은 조그마한 언덕, 언덕 위에는 밤나무숲을 신록이 바야흐로 무르녹았다.

밤나무 언덕 밑으로 온상, 그 옆에 온상용의 창이 5, 6개나 쌓여 있고 시험장에는 가지·양상치·후단소(근대)·샐러리·토마토 등속이 며칠 전에 온상에서 갖다가 이식한 모양, 좌측 후방 밤나무 동산 뒤로 돌아오는 조그마한 길이 있고 길 저쪽에 수양버들, 버드나무 밑에 우물이 있다.

시원히 갠 아침 햇볕이 쨍쨍하다. 밤나무 동산에서 꾀꼬리 우는 소리.

임호 누런 즈봉에 흰 와이셔츠만 입고 파초 옆에서 시험장 쪽을 향하여 라디오 체조를 하고 있다. 안마루에서 라디오의 음악 소리 들려온다. 임호의 어머니가 방비를 든 채 좌편 툇마루에 나서서 균형된 아들의 체격의 뒷모양을 만족한 듯이 미소를 띠고 멀거니 바라보고 섰다. 조금 굽은 허리나 몹시 잡힌 얼굴의 주름이 지나치게 고생한 자취를 역력히 설명하는 듯하다. 무언의 2, 3분.

임 (체조가 끝나자 라디오의 음악도 그친다 — 길게 한번 숨을 들이마시며 빙그르 돌아서다가 어머니를 보고)

어머니 (만면의 웃음)

시원한 아침이지요.

저 — 수풀 속에 꾀꼬리 소리를 들으세요

보리밭에서 일어나는 종다리 노래를 들어보세요

얼마나 유쾌한 아침입니까 ?

저 ― 푸르른 동산 수풀을 보십시오
아침 햇빛에 반짝거리는 이슬 머금은 풀들을 보세요
얼마나 상쾌한 아침입니까?
우물 가에 추욱축 늘어진 수양버들
가 ― 늘은 가지가지 봄바람에 하느적거립니다.
어느새 나물 캐는 마을 소녀들의 풀피리 소리!
푸르러가는 넓은 들에 고요히 고요히 퍼지고 있습니다.
금잔디 벌판에 점점이 핀 민들레 꽃줄기로
피리를 만들어 입에다 물고
고요히 고요히 불어 보내는 아이들의 한곡조!
봄날의 그윽한 기분을 온누리에 채우고 있습니다
시내 건너 논두덩에 네활개를 펼치고 쉬는 농부
곰방대를 돌머리에 두드리며 부는 휘파람 곡조만은
어딘지 모르게 끝없는 시름이 있는 듯합니다.
아직도 남어서 묏기슭을 살풋이 싸돌아가는 아지랑이

농촌의 봄은 포근하고 다사하고 시원한 듯하나
또한 끝없는 애처로운 시름이
회색 장막 속에서 가만가만 흐르고 있는 듯합니다.
거기서는 빛을 찾는 가느다란 부르짖음이 들려
옵니다.
(마루 아래 다가서며 어머니 손을 두 손으로 잡아
다가 자기의 **뺨**에 댄다. 한참 사이를 두었다가)
어머니도 저 소리가 들리십니까?

모   (의아한 듯이)
무슨 소리?

임   그렇습니다.
어머니 귀는 이미 늙으셔서
이렇게 가 — 는 소리는 들리실 리 없습니다.
새싹을 복돋는 젊은 농부만이 들을 수 있는 소리
입니다.
아무리 젊은 농부라도
늙은 뿌리만 가꾸는 이에게는 들리지 않을 것입
니다
연연하나마 새싹을 복돋는 농부들만이 들을 것

입니다.

새싹이 자라서 꽃 필 때쯤은 누구나 들을 수 있
겠지요

그때는 이 부르짖음이 우렁차질 터이니까

그러나 열매를 맺어 익을 때쯤은 아무도 못 듣겠
지요

그때는 이 부르짖음이 없어질 터이니까

그때가 이 아들이 성공할 때입니다.

꼭 성공을 할 것입니다.

모 　(슬며시 손을 빼어 아들의 머리를 만지며 아들
의 말뜻은 알지도 못하시면서)

귀여운 아들아! 노력을 하여라

그리하여 꼭 성공을 하여라

내 홀몸으로 60평생을 너 하나를 바라고

갖은 고생도 하였느니라

남의 집 안잠도 자고 행랑도 살고

그러나 내 죽기 전에

너의 짝을 보아야 눈을 감을 게다.

임 　(명랑한 음성으로)

어머니! 옥이가 있지 않습니까?

어제도 오고 오늘도 올 것입니다.

옥이는 나에게

'나는 당신의 것이어요' 하였답니다.

옥이가 나의 짝이 된다면 기쁘시겠지요.

(마루에 걸터앉는다. 어머니도 따라 앉는다)

모   그러나 호야! 옥이는 오지 않을 게다.

그의 어머니는 그 딸을 내어놓지 않을 게다.

사위를 데리고 산다고 하지 않느냐?

네가 그 집에 가서 산다면 ― (수연한 얼굴빛)

임   내가 어머니를 버리고 어디로 갑니까?

안 갈 것입니다.

옥이는 꼭 나를 따라오게 될 것입니다.

나는 그런 집에 가서

화초같이 재롱하는 사위는 되지 않을 겝니다.

나는 나의 할 일이 있으니까요.

모   그러나 그 집에는 돈이 있지 않으냐?

가기만 하면 호화롭게 살 것이 아니냐?

임   어머니 나는 돈이 있습니다.

(즈봉 호주머니에서 동전 서 푼을 꺼내서 어머니 앞에 내민다)

모　　장이 많은 돈이로구나. (기가 막힌 듯이 허허 웃으신다)

임　　적어도 돈은 돈이지요. (호걸스럽게 허허 웃어 제치다가 다시 정색하고)

그러나 어머니의 아들은 돈에 팔려가지는 않을 겝니다.

옥이 어머니는 돈의 힘으로 인간의 전부를 지배하려 하나

나는 굽히지 않을 겝니다.

나는 나의 의지로 돈의 위력을 정복할 것입니다. 보십시오

옥이가 저희 어머니의 돈의 힘에 붙잡히고 마는가

나의 의지의 힘에 끌려오고 마는가를 ―

(밤나무 수풀 뒤에서 김구가 어제 옥이 집에서와 같은 안색으로 돌아온다)

임　　(일어나 마주 나가며 쾌활한 목소리로)

김군! 얼마 만인가?

김   (급히 걸어와서 임의 손을 잡아 흔들며)
      임군! 여전히 건강하이그려.

모   오래간만에 만나보겠구려. (일어서며)

김   아! 어머니. (뛰어와서 모자를 벗고 머리를 숙
      인다)

모   (맨발로 마루 아래 내려와서 어깨에 손을 얹으며)
      귀한 손님이 오셨소
      이렇게 멀리까지 잊지 않고 찾어오셨소
      집안이 다 안녕하시고 공부도 잘하시오?

김   (아무 일도 없었다는 듯이 쾌활히 웃으며)
      네 지나치게 안녕하시고 공부도 고작했읍니다.

모   (젊은이의 말뜻은 못 알아들으신 모양)
      이리 좀 앉으시오
      이애 호야! 이리 와서 같이 앉아라
      참으로 반갑구나
      이렇게 귀한 손님이 우리 집에도 오시는구나
      난 안에 가서 무얼 좀 준비해야겠다.
      (어머니는 안방으로 들어가시고 두 사람은 마루
      에 나란히 걸터앉는다)

임　어제 석양에 옥이씨께 자네 말을 들었네
　　학교도 못 가게 되고 집안도 말이 아니라지
　　(무릎에 손을 얹으며)
　　그리고 자네는 분연히 나왔다지
　　급하고 용단 있는 자네의 성격이니
　　다시 집에는 안 들어갈 생각이겠지.

김　흥 그렇게 되었네. (수연히 앞을 바라보며 한동
　　안 침묵)

임　그러면 집안은 어떻게 될 것인가?

김　될 대로 되겠지. (수심에 잠긴 듯)

임　자네 얼굴에서 걱정하는 빛을 보기는 처음일세
　　자네도 낙심할 때가 있나
　　세상에 '불능'이란 없다고 뽑내던 자네가 —
　　새로 출발할 용단이 있어야 하지 않겠나
　　학교도 집어치우고 일터에 나서겠다던 생각은
　　어찌하였나
　　이 기회에 한번 팔을 걷어봄이 어떠한가

김　(그 말은 못 들은 듯이)
　　참으로 좋은 곳일세

자네는 행복된 사람일세

금년부터 실지 시험에 착수하였네그려

성공하게 ─ 성공을 하게

평생의 포부를 실현할 때가 되었네.

임   그렇게 생각되나

나도 그것이 전환의 좋은 기회였다고 생각하네

그 논문으로 상금은 1000원을 받았었지

그걸로 집도 짓고 이같이 땅도 도지를 얻어

평생의 포부를 시험하게는 되었으나

어머니께서는 학교에서 쫓긴 것을

크나큰 수치로 아시는 모양일세.

김   수치? 그것이 수치가 될까?

명예일세 아름다운 명예일세

나도 이런 곳에 와서 할 일이 없을까?

나도 이 기회에 팔 걷고 나서야 할 것 같으니.

임   할 일이 있네 (반가운 듯이)

자네 굳은 결심만 있다면

돈도 지위도 명예도 차버릴 각오만 있다면

캄캄한 밤길에 길 잃은 이 나라 사람들!

그들의 앞잡이가 될 각오만 있다면
자네는 전부터도 이런 생각을 하였으니
이 기회에 한번 착수하여봄이 어떠한가?
한줌 흙이 우리의 생명을 축여주는 기름의 원천
일세
이 황무지를 개척하고 여윈 땅을 살지게 하세
그리하여 새로운 창조와 자유로운 생산을 약속
하세
이리함이 우리의 생명을 새롭게 함이요
힘과 사랑과 평화를 비춰줌일세
우리는 우리의 마음과 힘을 다하여
땅을 파고 나무와 풀을 베고 소와 양을 치세
그리고 영롱한 전등빛이 유난히 비치는
좀먹어가는 저자의 살림을 부러워 마세
곰팡내 나는 인습이 짜낸 호화로운 향락의 살림
을 꿈꾸지 마세
우리는 오직 우리의 마음과 자유로 창조하고 생
산하세
그리하여 우리는 이 창조와 생산 가운데 희망을

굳게 뻗치고
이 희망으로 우리의 생명을 새롭게 하세
우리는 새로운 생명을 사랑하고 사랑 가운데 평
화를 찾세
거리에는 높고 큰 벽돌집이 있고 전등이 있고
노래가 있네
비행기가 있고 대포가 있고 군대가 있고 나팔이
있네
그러나 그것은 우리의 생각할 바가 아니며 꿈꿀
바가 아닐세
그것이 인류의 생명을 새롭게 하지 못하고
오히려 사람의 삶에 괴로운 좀을 칠 뿐일세
우리 마을에는 높은 뫼가 있고
맑은 시내가 있고 청초한 초가가 있네
농부의 설움이 어렸으나 꾸밈 없는 노랫가락이
있고
모닥불 피우는 목동들의 애처로운 통소 소리가
있네
우거진 수풀이 있고 새소리가 있고

나비의 춤이 있고 폭포의 장단이 있네
우차가 있고 지게가 있고 호미와 낫이 있네
이리하여 우리의 살림에 필요한 모든 것이 있고
예술이 있고 사랑이 있네.

김　그러이 우리의 마음이 태양을 사랑함이 어머니
같고 대지와 정들며
사랑하는 사람과 같을진대
황금과 지위와 명예와 세력을 탐하며 부러워하
겠는가?

임　자네 그런 각오가 있어 나와 같이 일하여준다면
하늘과 땅이 어두워 희미할 제 벌판의 조그마한
길로 돌아올 때라도
나의 마음은 평화의 항구에 닻을 내리는 뱃사공
과 같이 튼튼하겠네
그때에 누가 만일 '그대들은 무엇을 알며 무엇을
소유하였는가?'고 묻는다면
우리는 자연과 사랑과 평화를 압니다.
그리고 새로운 생명과 희망을 가졌습니다 ― 고
대답하겠네

우리의 의지가 쓰러져가는 이 농촌에서 새로운 일터를 찾았으니까

그리고 우리들의 마음은 영원히 흙에서 떠나지 않을 것일세

사람의 얼굴을 윤택케 하는 기름진 곡식과 모든 것이 흙에서 나고

소와 말과 고양이 먹는 풀이 흙에서 나고

새가 노래하고 깃들이는 수풀과 나비가 춤추는 꽃이 흙에서 나니까

그리하여 끝없이 위대한 새로운 예술은 흙에서 나고

흙에서 쓰러지고 다시 흙에서 새로워질 것이니까 그때에 우리들의 마음은 흙을 껴안고

흙을 사랑하고 흙을 노래하고 흙에 껴안길 것일세

이날 이 땅에 난 시인! 그중에도 젊은 시인들은

소음과 가솔린 냄새와 네온사인에 착란된 도회의 시인들도

찢어지는 전등 밑에 머리를 붙잡고 붓대만을 달리지 않을 것일세

낫과 호미를 메고 어두운 광야에서 빛을 찾아
헤매며 부르짖는 백성
붓대를 던지고 이 농군의 행렬 앞에 횃불을 들고
나설 것일세
자네부터 어떠한가 결심할 수 없겠나.

김　그러나 힘이 있나 학문이 있나
무얼 가지고 앞잡이가 되나?
그렇게 어려운 일에.

임　어려운 일이라고 처음부터 하여볼 각오도 없다면
성공이란 영원히 없을 것일세
이 사회의 골수를 파먹는 해충이 무엇인 것을
자네는 알겠지
나는 싹트는 이 새시대의 소독수가 되려 하네
자네는 이 시대의 새싹을 복돋는 농부가 되어주
게나
캄캄한 밤 길을 잃은 사람들께
손가락이나 말로 가리킨 길이 어찌 정확하겠는가
우리들은 우리들의 몸으로 그들의 앞에 서야 하네
그것이 자세히 설명하는 몇 천 몇 만의 말보담

나을 것일세

거기에는 물론 상당한 고통도 참을 줄 알아야
하네

한때의 고통을 이기지 못하여 우리들의 의지를
굽힌다는 것은

손끝에 가까워오는 광명을 스스로 거부하는 것
과 마찬가질세.

김   그런 각오가 있다면?

임   할 일이 있네

저 수풀 뒤에 돌아올 때 (손을 들어 가리키며)

새로 지은 학교가 있지 않던가?

그것이 지난 가을 내가 지은 야학일세

하루 동안의 괴롬을 불사를 듯한 석양 노을이
붉게 타오를 때

흙과 풀의 구수한 냄새를 떠나 풀반찬과 장찌개
로 차린 저녁을 먹고도

거기에서 어린이들이 샛별 같은 눈을 깜박거리며
나를 기다리고 있음을 생각하면

하루의 피곤도 잊어버리고 희망에 넘쳐 뛰어가

는 곳일세

(버드나무 밑 우물가에 동리 처녀(17, 8세)가 물
동이를 내려놓고 수양버들 늘어진 가지를 휘어
잡고 시름 없이 먼산을 바라보다가 임호의 눈과
마주치자 약간 허리를 굽히고 두어 걸음 오다가
주저주저한다)

저기 저 처녀를 보게

야학에서 나의 귀여워하는 제자일세

그 부모가 이 춘궁을 못 이겨 저 귀여운 딸을
팔았다네

내일은 떠나간다네 얼마나 기가 막힌 일인가?

처녀가 또 두어 (걸음 오다가 주저주저하고 섰
다. 임호 벌떡 일어나 나간다. 처녀 반가운 듯이
뛰어와서 임호의 앞에서 다시 허리를 굽히며)

처   선생님 저는 내일 떠나갑니다.

부디 안녕히. (머리를 숙이고 눈물을 씻으며 돌
아선다)

(옥이 밤나무 수풀 뒤에서 돌아오다가 이것을
보고 멈칫 서며 어쩔 줄을 모르는 듯이 망설인

다. 임호 쾌활한 웃음 섞인 소리로)

임　아 — 옥이씨 어서 오십시오.

　　오빠도 계십니다. 저리 가서 좀 앉으시오. (한손

　　으로 마루를 가리킨다)

　　(옥이 그래도 주저주저하다가 결심한 듯이 임호

　　의 곁에 와서 말없이 약간 허리를 굽히고 부끄러

　　운 듯 불쾌한 듯 처녀를 곁눈으로 스쳐보고 지나

　　가 오빠의 앞에서)

옥이　오빠 —

김　잘 왔다. 잘 와주었다.

　　이리 좀 앉어라. (가리키는 자리에 걸터앉는다)

임　금순아 — 울지 말어라

　　나의 제자면 눈물보담 용기가 있을 것이다.

　　그것을 직업으로 생각하여라

　　직업에 귀천이 어디 있느냐

　　너의 마음만 굳게 먹으면 갱생할 길은 얼마든지

　　있을 게다.

처　(얼굴을 들어 임을 쳐다보며)

　　선생님!

부모를 위하여 나의 한몸을 희생하여야 옳겠습니까?

이 길을 벗어날 도리는 없겠습니까?

나는 나의 부모를 원망합니다.

당신들의 삶을 위하여 자식을 파는 부모가 어디 있습니까.

임 그 길을 벗어남에는 너의 자각이 필요하다.

그런 부모는 이 땅 이 사회에 얼마든지 있다 자식을 돈에 희생하나 값싼 인정에 희생하나 당신들의 의욕을 만족함에는 매한가지다.

너같이 부모를 위하여 청춘을 희생하는 여자가 우리가 섰는 이 자리에도 또 하나 있을 듯하다. (금순이 의아한 듯이 옥이를 흘깃 보고 옥이는 바늘에나 찔린 듯이 몸을 움칠하고 임을 흘겨본다. 몹시 불쾌한 표정)

처 선생님! 나는 좀 더 생각하여보아야 하겠습니다.

아무리 하여도 부모를 위하여 나의 청춘을 희생하고 싶지는 않습니다.

그러면 안녕히.

(허리를 굽히고 돌아서 간다. 옥이는 몹시 경멸하는 눈으로 처녀의 뒷모양을 바라본다. 임은 묵묵히 서서 처녀가 물동이를 이고 수풀 뒤에 사라질 때까지 바라보다가 가만히 한숨을 짓고 돌아서서는 다시 쾌활하게)

임   옥이씨 실례했습니다. (와서 앉는다)
　　 김군! 저들에게 빛을 주어야 하지 않겠나?
　　 길을 열어주어야 하지 않겠나?
　　 자네가 나와 같이 이 길에 나설 각오만 있다면 ―
김   (분연히 일어나서 임의 어깨에 손을 얹으며)
　　 결심했네 ― 자네 일터에 나 같은 사람도 필요하다면 몸을 바치지
　　 ― 목숨까지라도 ―
임   (벌떡 일어나 김의 손을 잡아 흔들며)
　　 고마워 ― 길동무를 하나 얻었네
　　 이렇게 우리들의 길동무가 하나둘 늘어
　　 백을 넘고 천을 넘고 만을 넘는다면
　　 우리들의 시대는 반드시 빛날 것이세.
김   그런데 옥이는 어찌하려느냐?

물론 우리들의 길동무가 되어주겠지?

임 마음에 결정을 짓지 못하여 매우 고민하시는
모양일세

가엾은 토끼시여! 아이 실례했습니다.

(쾌활하게 웃어제친다. 김도 웃는다. 옥이는 정
색하며)

옥이 오빠! 어제는 어디 가셨어요

아버지는 집에나 가셨는지요

할아버지는 그 소중히 하시던 족보를 불살라버
렸어요

오래지 않아 돌아가실 듯해요

어머니는 너무나 무정하였어요

할아버지의 그 같은 간청도 물리치시고

돈, 돈만 알으시니 인색하고 잔인하시지 ―

김 (옥이 어깨에 손을 얹으며 곁에 앉아서)

옥이야! 어머니는 위대하셨다

무정도 잔인도 아니다

우리 어머니는 참으로 위대하셨다

당신의 짓밟힌 과거를 완전히 회복하셨다

당당히 승전한 장수와 같으셨다
나는 어제와 같은 아버지를 처음 보았다
나는 우리의 아버지는 훌륭한 줄 알았었다
그렇게 비겁할 줄은 몰랐었다
조그마한 자존심만 알고
의리도 시비도 모르는 아버지였었다
어머니의 태도는 너무나 당연하였었다
할아버지에 대한 반역도 당연한 일이다
우리들이 우리들의 시대를 호흡하려는 것과 같이
어머니는 어머니의 시대를 찾으려 한 것이다
할아버지의 시대를 위하여 끝끝내 희생되지 않
는 것은
너무나 훌륭한 승리다. 빛나는 명예다
옥이야! 우리들은 그 어머니의 피를 받은 젊은
이다.
어머니가 어머니의 시대를 살린 것과 같이
우리들은 우리들의 시대를 살려야 한다.
(임의 어머니가 과일 접시와 과자 접시와 차 그
릇이 놓인 쟁반을 들고 나오시다가 옥이를 보시

고 몹시 반색하며)

모　아이 오셨구려

옥이　안녕하십니까 ? (얼른 일어나 허리를 굽힌다)

임　자 ─ 변변치는 않으나.

(어머니에게서 받아 마루끝에 놓고 마루에, 있
는 의자를 갖다가 마루 앞에 놓고 마주앉는다.
남매는 마루에 임은 의자에 세 사람은 둘러앉고
어머니는 몇 번이나 돌아보시며 돌아보시며 미
소를 띠시고 안방으로 건너간다)

김　옥이야 임군과의 약속은 어찌되었느냐
　　임군 옥이를 버리지는 않겠지. (임은 빙글빙글
　　할 뿐)

옥이　오빠 어머니 신세를 생각하여보세요
　　외로우신 어머니의 신세를 ─
　　나까지 어머니 곁을 떠난다면 ─
　　나는 어머니 곁을 떠나서는 안 될 것 같아요
　　사람의 인정으로 차마 ─

김　너는 인정을 말하고 어머니는 권리를 주장하고
　　그것 참 훌륭한 조화다

그래 어머니를 위하여 너의 일생을 희생하겠단
말이지
갸륵한 생각이다
그러나 어머니는 너의 장래보담도 당신의 위안
을 위하여
재롱 보실 사위를 구하실 것이다
돈으로 춤추이는 노리개 같은 사위를 ―
그러면 너는 노리개가 소유하는 노리개가 될 것
이다
가엾은 누이야 그야말로 가엾은 비둘기야
너는 너의 뜻대로 너의 앞길을 개척할 용기는
없느냐.

임   그렇습니다.
우리와 같이 새시대의 새싹을 북돋는 농부가 될
각오는 없으십니까?
각오만 있다면 석양 포구에 돛대 단 작은 배처럼
괴로운 마음의 물결 위에 희망의 웃음을 흘으시며
우리의 일터에 고요히 고요히 닻을 내리소서
지껄이는 병아리떼에 따사한 깃을 벌리는 암탉

처럼

피곤한 우리들의 일터에 살풋이 깃을 벌리소서
황혼의 잿빛 장막이 세상을 남김 없이 덮어 싸듯이
싹트는 우리의 일터에 아물거리는 사랑의 포장
을 드리우소서.

옥이 임선생 사랑을 위하여 사업을 희생할 각오는
없으십니까
당신이 모든 사업을 희생하고 나를 따라오신다
면 얼마나 행복되리까?
어머니는 얼마나 기뻐하실까?

임 사랑이 인생의 전부는 아닙니다. (빙그레 웃으며)
사업을 떠난 사랑, 사랑을 위한 사랑
그렇게 허공에 뜬 사랑을 나는 믿지 않습니다
우리의 시대를 살리려는 사업을 떠나서의 사랑
이란 나는 생각할 수도 없습니다
우리의 사업을 이해하고 그밖에 모든 것을 희생
하는 사랑
그런 사랑이 아니면 나는 믿을 수 없습니다.

옥이 (매우 불쾌한 듯이 얼굴을 붉히며)

그러시겠지요. 저도 그렇습니다

나의 처지를 이해하지 못하는 사랑

나를 위하여 모든 것을 희생할 각오가 없는 사랑

나도 그런 사랑은 믿을 수 없습니다.

김   (조금 성난 듯한 말씨로)

그러면 너는 돈의 마수에 걸려 황금의 허영에

취하여 너의 청춘 너의 일생을 희생한단 말이지.

옥이 돈의 마수가 아니지요

황금의 허영이 아니지요

어머니의 위대한 사랑

나를 위하여서는 모든 것을 아끼지 않는 사랑

그 위대한 어머니의 사랑의 품에 돌아갈 것 뿐이

지요.

임   (여전히 빙글빙글 웃으며 그러나 조금 빈정거

리는 듯한 말씨로)

돌아가십시오

당신의 어머니는 당신을 위하여

모든 것을 희생할 것이니까.

옥이 (더욱 불쾌하여 조금 큰 소리로 자신 있게)

그렇지요
　　　어머니는 나를 위하여서는 무엇이나 아끼지 않
　　　으시니까
　　　그러면 안녕히
　　　오빠도 안녕히. (일어선다)
임　(그래도 빙글빙글 웃으며)
　　　옥이씨 안녕히, 영원히 안녕히
　　　당신은 벌써 나의 일생에 행로에서
　　　그 어느 순간 우연히 지나친 사람에 불과합니다
　　　우리들의 과거는 한마당 꿈을 깨끗이 잊어버리
　　　지요.
김　(다정한 말씨로) 그렇다 옥이야
　　　어머니는 너를 위하여 모든 것을 희생하시겠지
　　　그러나 하나만은 ― 단 하나만은 ―
옥이 (의아한 듯이 오빠를 바라보며)
　　　하나라니요, 오빠 하나만이라니요?
김　생각하여보아라 지극이 인자하신 어머니도
　　　황금의 위력으로 인간을 지배하려는 욕망 ―
　　　그 욕망 ― 하나만은 희생하지 않을 게다

그것까지 희생하실 각오라면
너의 지극한 사랑을 위하여
임군에 대한 너의 사랑을 위하여
당신의 재롱, 당신의 위안을 희생하실 것이다
그러나 그것만은 너의 소원을 안 들어주는 것이
아니냐
그렇다면 너를 이해하는 것이 무엇이냐
너를 위하여 희생하는 것이 무엇이냐?
역시 당신의 시대에서 너를 지배하려는 것뿐이다
너는 그 아름다운 인정에 얽히어
너의 청춘 너의 일생을 희생할 것뿐이다
결론은 간단하지 않으냐
어머니가 진정으로 너를 이해하고
너를 위하여 모든 것을 희생하신다면
너의 소원대로 임군과의 약속을 승낙하실 것이
아니냐
그것을 못하신다면 그것은 이해도 아니요 희생
도 아니다
역시 당신의 의욕을 만족하는 것뿐이다

너는 어머니가 할아버지께 반역하는 위대를 알
어야 한다
인정 없고 잔인하나 그것은 역시 위대하다.
옥이   그렇습니다 오빠 그렇습니다
그러면 나는 어찌하리까? 나는 어찌하리까?
그래도 역시 인정을 버릴 수 없는 것을 ─
(몹시 괴로운 듯이 두 손으로 얼굴을 가리고 그
자리에 주저앉는다)
김   아직도 늦지는 않다
어머니의 시대에 희생되지 말고
우리들의 새시대에 살려는 각오만 있으면 언제
든지 오너라
우리들은 언제나 환영할 것이다
우리들의 길동무가 되려거든 언제나 돌아오너라.
임   그렇습니다. 봄이 갔다고만 탓하지 말고
이제라도 심어야 합니다
씨앗을 뿌린 곳에 싹이 나나
갈지 않은 밭에서 무엇을 거둡니까?
우리들은 씨뿌리는 농부, 가을 거둠만 바라는

농부

늦다 늦다 탓하지만 말고 심어놓고 기다려야 합니다

온누리가 잠자는 고요한 새벽 하늘에

수없이 총총한 별들의 희미한 빛을 이고

논으로 밭으로 향하여 걸음을 재촉하여야 합니다

뒷마을에서 흘러오는 새벽닭 소리에 졸음을 날리며

호미를 어깨에 걸고 대자연의 무한한 사랑의 품에로 ―

한덩어리 흙 속에 생명을 붙이고 훨훨 피어오르는 새싹

희미한 새벽 별빛 아래 새싹을 붙드는 우리

여름은 가고 가을은 오고 곡식은 익고 우리는 거두고

이러한 가을의 때는 올 것입니다

새벽 별빛을 이고 벌판에 나아가는 우리들에게

가을의 때는 반드시 올 것입니다.

제3막

제1막과 같음. 10여 일 후의 오후. 옥이 말쑥한 새 옷을 갈아 입고 의자에 걸터앉아 깊은 시름에 잠겼다. 화병의 꽃은 시들은 채 꽂혀 있다.

처마끝에 풍경 소리 한낮의 적막을 깊게 할 뿐, 옥이 자주 시계를 쳐다 보며 초조히 기다리는 모양. 안방문을 할끗할끗 바라보며 나직한 혼잣말로

옥이 파릇파릇한 봄날의 새싹!
　　고요한 밤이슬 내려지라 그 얼마나 기다렸겠소.
　　아침 햇빛도 기다렸답니다.
　　그러나 나는야 두 사람이나 생각하였으리까.
　　오직 그대만을 기다렸답니다.
　　그러나 그대는 마침내 안 오신다지요.
　　나의 마음을 어머니 품에서 떠나게만 하여놓고는
　　나의 마음은 3년 전 당신을 처음 만나던 그 순간부터
　　따뜻하고 인자한 어머니 품을 떠나기 시작하였

답니다.

내 밤낮 당신을 사모하여 공경하며 또한 사랑하였습니다.

내 당신을 믿었으며 또한 간절히 바람이 있답니다.

내 마음 갸륵히 속삭임을 들어주시지 않으렵니까.

어머니 정을 버리지 말고 당신의 사랑을 살리려 하나

마음과 같이 되지 않음을 당신이여 어찌하면 좋으리까.

내 참되고 새로운 사람을 찾으려 할 때마다

내 마음은 아프고 괴롭고 또한 슬프답니다.

이럴 때마다 고요히 눈감고 당신의 얼굴을 그리나니

내 그럴 때마다 나의 마음에 해결의 빛을 보낼 수는 없으십니까.

당신이 만일 영원히 오시지 않는다 하더라도 사랑의 바다에 돛을 단 나의 작은 배는 다시 돌아서지 못할 것입니다.

어머니 품을 떠난 마음의 파랑새는 영원이 돌아

가지 못할 것입니다.

바람과 물결이 어지럽고 허공의 구름이 캄캄할지라도 —

그러나 어머니시여! 나는 당신두 잊을 수는 없습니다.

당신의 딸이 아직도 어렸을 때에는

온 하루 바닷가에 나가 모래성을 쌓다가 쌓다가 날이 저물었습니다.

그리고 저녁이 되면 뜰에 쌓인 보릿집 위에 궁글면서

하늘에 총총한 별들을 헤이다가 헤이다가 잠이 들었습니다.

이같이 쌓다가 말았거나 헤이다가 잠들었거나 당신이나 또는 다른 많은 사람들도

꾸지람이나 나무람도 하지 않았습니다.

그것은 오직 어린 애기에게 자유였으며 기쁨이었습니다.

애기는 어찌하여 이같은 자유를 영원히 갖지는 못하였습니까.

당신은 당신의 애기를 극진히 사랑하건마는
이 한 물음만에는 대답하시지 않았습니다.
당신은 언제까지나 침묵하시렵니까.
애기는 당신의 대답을 기다리기에 너무나 지쳤
습니다.
돌이켜 생각하니 쌓던 모래성은 하나의 공중누
각이었습니다.
그리고 보릿집 위에 궁글면서 헤이던 별들은
오래지 않아 사라질 무지개였습니다.
그렇습니다. 인제는 쌓았던 모래성도 무너지고
헤이던 별들도 사라졌습니다.
사나운 물결과 캄캄한 어둠이 다가오는 듯합니다.
그때엔 지극히 고이시는 당신의 품 속에서
공중을 향하여 나는 파랑새처럼 뛰어나와
온하루 바닷가 모래밭에서 뛰고 춤추며 노래하
였습니다.
그때 어린 눈이 바라보던 바다의 수평선 저 ㅡ
쪽에는
오직 평화의 물새떼가 은빛 나래로 춤을 추며

사랑의 노래를 부르고 있었습니다.

이것이 하루바삐 따뜻한 당신의 품을 떠나는 커다란 유혹이 되었습니다.

사랑하는 애기가 장차 당신의 품을 떠나려 할 때에

아직도 젊으신 당신의 얼굴에는 조그마한 걱정의 빛이 어리었었습니다.

그것은 돛도 없고 키도 없이 한바다에 떠나가려는 애기의 길을 걱정함이었겠지요.

커다란 유혹에 끌린 당신의 애기는

그것을 모른 배 아니언만은 그대로 떠나고야 말았습니다.

당신께서는 사랑하는 애기의 가는 길을 차마 막지 못하여

애기가 쌓은 바닷가의 모래성을 의지하여 수정 같은 눈물을 흘리셨습니다.

점점 멀어가는 애기의 조그마한 배를 향하여 흰 수건을 두르고 계셨습니다.

그러나 철모르는 당신의 애기는

따뜻한 어머니 품을 떠나는 조그마한 서러움도
느끼지 않았습니다.

오직 평화의 물새떼가 은빛 나래로 춤을 추며
사랑의 노래를 불러예는 그곳만이 보였습니다.

그러나 당신의 애기가 정성껏 쌓은 모래성과 함께
당신이 두르시는 흰 수건이 보이지 않을 때에는
어찌 뜻하였겠습니까.

사나운 물결과 캄캄한 어둠이 애기의 배를 삼키
려 합니다.

돌이켜 바라보니 따뜻하던 당신의 품은 아득한
옛말 속에 아른거리고

하늘을 우러르니 총총하던 별들도 간 곳이 없습
니다.

은빛 나래로 춤을 추던 평화의 물새떼도 찾을
길 없습니다.

이같이 모든 것을 잊어버린 당신의 애기는
오직 '빛'과 '바람'이 새 길을 찾기에 여지없이
지쳤습니다.

그리하여 새로운 빛과 바람을 찾기는 하였으나

어머니여 당신의 품을 아직도 아주 잊어버리지
는 못하겠습니다.

여기에 당신의 딸의 커다란 고민이 숨었습니다.

(대문이 열리며 동리 노파가 지팡이를 짚고 들
어온다. 남루한 옷과 굽은 허리에 숨찬 걸음으로
마루 앞에 와서 허리를 펴며)

노　어머니는 안 계십니까?

옥이　낮잠을 주무십니다.

　　(때에 옥이 어머니 소복을 입고 잠고인 눈을 비
비며 안방에서 나와 금고를 스르르 만져보고 또
단단히 잠겼는가를 시험한 뒤에 마루 가운데 놓
여 있는 방석 위에 와서 앉으며)

모　무슨 일로 오셨읍니까. 게 앉으십시오.

노　(애원하는 눈으로 바라보며 숨찬 말로)
　　자식을 잘못 두어 집안이 판이 나고
　　댁에 빚까지 태산같이 젊어졌으니 휘유 —
　　그저 인자한 덕을 베풀어서 한 달만 참어주시오.
　　애 어멈이 순산하려고 앓고 누웠는데 집을 비워
　　놓으라고 문을 봉하니

165

길가에 나갈 수도 없고 당장에 어쩐다 말이오.

그저 인자한 덕을 베풀어 한 달만 참어주시오.

휘유 ―

(두 손을 비비며 머리를 조아리며 애걸한다)

모　(냉정한 태도로)

홍 그것이 모두 자식을 잘못 두신 탓이외다.

나야 받을 것만 받으면 그만이지요.

하필 집이야 내가 드는 것도 아니니까

돈, 그 돈만 갚으시면 그만이지요.

노　글쎄 당장 갚을 도리가 있습니까?

그저 죽일 놈이지 그러고 나가서는 들어오지도

않는구려

이 늙은것이 그 경상을 보고 지레 죽으라고 ―

휘유 ―

옥이 (어머니 곁에 와서 조용히 앉으며 나직한 말로)

어머니 너무 심하게 말으시고 인정을 보이세요.

(동리 노파 옥이 말에 귀가 뜨이는 듯이 옥이를

물끄러미 바라보며)

노　복스럽게 생긴 아가씨 인정도 많으시오.

그저 한 달만 수유하세요.

모　(조금 성이 나서)

애 너의 참견할 일이 아니다. 정당한 나의 권리
를 행사하는데 인정이 무엇이냐.

마땅히 받을 돈을 받는데 심한 것이 무엇이냐.

나는 대서인게 맡겼으니 알 바가 없소.

거기 나가서 말씀해보시오.

노　거기도 가서 말하여보았으나 그 사람이야 안다
고 합니까?

남의 일을 맡어서 보는 게니 제 맘대로는 할 수
없다고 하는구려.

그저 인자한 덕을 베풀어 한 달만 참어주시소.

모　갚을 것만 갚으시면 한 달뿐이겠소.

그 집 건드릴 사람이 없겠지요.

옥이　어머니, (애원하는 눈으로 어머니를 바라본다)

모　(딸의 말을 가로질러 ― 큰 소리로)

너의 참견할 배 아니라니까 저리 가서 앉어 있거라.

(때에 문간에서 '마님 돈 한푼 줍소' 하는 소리가
들리더니 때가 얼굴을 가리고 남루한 옷을 입은

50여 세나 되는 늙은이가(남자) 들어서며 합장하고 머리를 조아린다)

모　돈 없어 — (꽥 소리를 지른다. 그래도 여전히 '한푼만 줍소'를 연발하며 머리를 조아리고 섰다. 옥이 차마 못 보겠다는 듯이 일어나 테이블 서랍에 가서 5전 백동화 한 푼을 꺼내 들고 마루 앞으로 나오며 주려 한다. 이걸 본 어머니는 가장 못마땅한 듯이)

이리 가져와 웬 돈이 그렇게 많으냐?

(딸의 손에서 빼앗어다가 보고 깜짝 놀라며 주머니를 뒤져서 동전 한 푼을 뜰에 집어던지고 5전 백동화는 자기 주머니에 넣으며)

어서 가요.

(뜰에서 동정을 집어들고 열 번 머리를 굽히고 나간다. 동리 노파 이걸 보고 할 수 없다는 듯이 한숨을 지으며 일어선다. 옥이는 매우 불쾌한 표정으로 뾰로통해서 의자에 가서 걸터앉는다)

노　남의 걸 못 갚으면 내가 죄를 받지 — 휘유 — 안녕히 —

(지팡이를 짚고 나간다)

모　너 어디 가려느냐 새 옷을 입었으니?

　　(옥이 뾰로통해서 대답이 없다. 어머니 할 수 없
　　다는 듯이 주머니에서 5전 백동화를 꺼내 들고
　　나직한 말로 인자하게)

　　너는 그렇게 돈 귀헌 줄을 모르느냐. 예 있다.

　　어여 가져 가거라 네 돈이 예 있다.

옥이　난 돈이 일없어요.

　　어머니처럼 인색하고 잔인해서야 어디 살겠어요.

　　그렇게 인정이 없으시니 누가 어머니 곁에 있겠
　　어요.

모　오 그렇게 너는 인정이 있어서 홀어머니를 떼
　　치고

　　사랑이니 임이니 하고 떠나려 하는구나.

　　한평생 적막한 어미를 홀로 두고 가려는구나.

　　(갑자기 말소리 떨리며 서글픈 표정을 짓는다.

　　옥이 어머니를 흘낏 보고 가늘게 한숨을 지으며

　　어머니 곁에 와서 앉는다)

　　옥이야 너만은 내 곁을 떠나지 말어다오.

옥이 (어머니 말씀은 못 들은 듯이 정색하며)

　　　어머니 ― 어머니는 할아버지께 대하여

　　　너무 인정 없이 하였다고는 생각되시지 않습니까.

　　　할아버지의 그 간절한 소원을 ―

　　　그렇습니다. 마지막 그 소원을 물리치신 것을 ―

　　　그렇게 소중하시던 족보를 불사르기까지

　　　아마 ― 할아버지는 천추에 원한이 되셨겠지요.

　　　어머니는 그것이 후회되지 않습니까?

모　　철 없는 계집애야

　　　너는 이 어미의 한평생 쓰린 가슴을 짐작도 못할

　　　것이다.

　　　내가 되어보지 않으면 모를 것이다.

　　　후회? 후회가 무엇이냐.

　　　나의 정당히 할 일을 하였는데

　　　생각하여보아라.

　　　아버지는 당신의 명예만 알으셨지

　　　자식의 처지는 조금도 이해하지 못하셨다.

　　　그렇다 티만한 이해도 없으셨다.

　　　나는 아버지의 명예를 위하여 나의 청춘을 희생

하였다.

다시 돌아오지 못할 나의 청춘을 — (몹시 처연한 얼굴)

나는 오히려 좀더 이르게

아버지께 반역하지 못한 것을 후회한다.

나의 청춘 나의 시대를 살리지 못한 것을 —

아! 후회하나 때는 이미 늦었다.

옥이 그러나 어머니는 어머니의 시대를 마침내 살리지 않었습니까?

훌륭히 이기시지 않으셨습니까?

그러나 조금 잔인하게 —

그렇습니다 아주 인정 없이 —

모   잔인, 잔인하지 않으면 어떻게 이기었겠느냐.

인정, 인정이 있고 어떻게 그런 용기가 나겠느냐

나를 살리기 위하여 인정을 희생한 셈이다.

나는 참으로 오십 평생, 인정을 모르고 사랑을 모르고 지내왔다.

나는 나를 위하여 산 것뿐이다.

그렇게 나의 삶이란 끝없는 적막이었었다.

누구를 위하여, 그렇다 누구를 위하여
나의 인정의 전부를, 나의 사랑의 전부를
아니 나의 전 생명을 바쳐보고 싶다.
나를 알아주고 나를 위하여주는 사람이 있다면
외롭지 않고 적막하지 않은 삶을 찾기 위하여
나는 기쁘게 나의 전부를 바치고 싶다.
그렇다 나는 이미 각오하였다.
그것이 누구인지 너는 알겠지. (몹시 흥분되었다)

옥이 (눈물을 글썽글썽하여 자기의 가슴을 가리키며)
　　나.

모　　그렇다. 옥이야 나의 딸아
　　나의 노리개야 나의 보배야 (껴안으며)
　　나는 너를 위하여 살 것만이 남았을 뿐이다.
　　너에게 나의 전부를 줄 것이다.

옥이 (살며시 머리를 들고 어머니를 쳐다보며)
　　그러나 내가 어머지 곁을 떠난다면

모　　(두 손으로 딸의 손을 꼭 잡으며 애원하듯이)
　　아니다 나는 놓지 않을 것이다.
　　나의 보배, 나의 노리개를 나는 놓지 않을 것이다.

영원히 아니 적어도 내가 죽는 날까지는 ―

그렇다 내가 너를 놓치고 어떻게 산단 말이냐.

옥이 그러나 내가 어머니를 반역한다면?

모 (깜짝 놀라며)

무슨 까닭에, 무엇이 부족해서?

옥이 허나 어머니가 나를 이해하지 못한다면

어머니가 나에게 인색하시다면?

그렇다면 ― 나는 ―

모 아니다 그럴 리가 있겠느냐 (더욱 흥분하며)

너를 위하여 나의 전부를 준다고 하지 않었느

냐?

옥이 그러나 증거가 없지 않습니까 ? (침착하게)

모 증거? (벌떡 일어나 금고를 열어제치고)

자 이것이 땅문서다. 이것이 집문서고

이것이 증서(채권)다. 돈의 전부도 여기 있다.

오늘부터 줄 것이다. 자 ― 받어라. (딸의 앞에

내민다)

옥이 (머리를 설레설레 흔들며)

그것이 어머니의 전부는 아닙니다.

나는 그것을 요구하지 않습니다.

(전일과 같은 옷에 대패밥 모자를 쓴 김구가 들어온다)

김구　옥이야!

옥이　오빠! (벌떡 일어선다. 김구, 어머니께 약간 허리를 굽히고 마루에 걸터앉는다. 어머니는 아는 체 않고 얼른 주섬주섬하여 금고 속에 넣고 잠근 다음에 다시 스르르 금고를 만져보고 도로 자리에 와서 앉으며)

모　부모를 배반한 자식이 무얼 하러 왔느냐.

구　어머니께서 할아버지를 배반하신

　그 훌륭한 승리를 치하하러 왔습니다.

모　(묵묵히 노려볼 뿐 대답이 없다)

옥이　(다시 어머니 곁에 앉으며)

　그러나 어머니 ─

　나는 나의 청춘을 빛나게 하기 위하여

　나의 시대를 살리기 위하여

　나의 새 옷을 입고 나의 새 집에 가고 싶다면?

모　그러나 나의 노리개야

너의 새 집을 짓기도 전에 이 집을 나간다면

그리고 너의 새 옷이 준비도 되기 전에

낡은 옷부터 벗고 알몸으로 있는 모양

나는 차마 볼 수 없다. 차마 볼 수 없다.

김구 (빈정거리는 듯한 말씨로 빙긋이 웃으며)

새 집과 새 옷이 벌써 준비되었다면?

모   (깜짝 놀라며)

그러면 너까지 나를 버릴 준비를 하였단 말이냐.

아아 — 나는 아아 — 나는 — (절망한 듯이 부르

짖는다)

나의 노리개야

나의 보배야!

나의 귀여운 딸아!

너만은 나를 버리지 말어다우.

나는 누구를 믿고 산단 말이냐.

옥이 (또렷하고 냉정한 말로)

어머니가 너무 인색하시니까.

모   아니다 나의 전부를 줄 것이다.

나의 전부를 줄 것이다. 증거를 보아라

(얼른 일어나가서 금고를 열고 지전 뭉치를 꺼
내다가 구에게 주고 금고 열쇠는 옥이에게 주며)
구야 나의 아들아 —
나는 인색하지 않다.
이것을 너에게 줄 것이다.
옥이만은 나의 곁을 떠나지 말게 하여다우.
너까지라도 그렇다 너까지 너까지 —

구 　(받아서 대문 쪽으로 집어던지며 여전히 빈정
거리는 말로)
이제는 소용이 없습니다.
나는 이미 어머니를 배반한 아들이오.
옥이는 옥이로서의 자유가 있으니 나의 알 배
아닙니다.
우리들은 우리들의 시대에 살 것뿐입니다.
어머니가 어머니의 시대에 사신 것과 같이
어머니가 할아버지를 배반한 것과 같이
우리들도 우리들의 시대를 살릴 것입니다.

부 　구가 여기 왔느냐 아버지를 배반한 자식이 —
(대문 밖에서부터 외치며 전일과 같은 복색으로

술이 취하여 비틀거리고 들어오다가 지전 뭉치를 보더니 슬슬 곁눈질하여 집어서 품에 넣는다. 구는 차마 볼 수 없다는 듯이 두 손으로 얼굴을 가린다. 아버지는 얼른 도로 나간다. 어머니는 침착을 잃고 몹시 흥분하여 그쪽에는 전연 주의하지 않고 딸을 향하여)

모　　자 ─ 이것이다.

　　　　이것이 나의 전부다.

　　　　어서 받아라.

옥이 (눈을 내리감고 거들떠보지도 않고 머리를 흔들며)

　　　　어머니 딸은 그것도 요구하지 않습니다.

　　　　어머니는 사랑하는 딸에게 주실 한 가지를 잊으셨습니다.

모　　(의아한 듯이 딸을 바라보며)

　　　　한 가지라니?

　　　　이것이 나의 생명이요 나의 전부다.

　　　　또 무엇이 있단 말이냐?

구　　있지요, 제일 중요한 것이 있지요.

모   무엇이란 말이냐?

     내가 나의 보배 나의 노리개를 위하여 아낄 것이

     무엇이란 말이냐.

     있기만 하면 줄 것이다. 정녕코 줄 것이다.

옥이 어머니 꼭 그러십니까?

모   나의 보배야 —

     나의 노리개야 —

     내가 너를 위하여 무엇을 아낀단 말이냐.

     있기만 하면 줄 것이다. 정녕코 줄 것이다.

     (너무 흥분하여 이성을 잃을 지경이다)

옥이 있습니다. 꼭 한 가지가 있습니다.

     이해!

     그렇습니다. 당신의 딸이 요구하는 것은 이것뿐

     입니다.

     집도 아니요 땅도 아니요 돈도 아닙니다.

     당신의 딸이 요구하는 것은'이해'오직 이것뿐입

     니다.

모   이해? (못 알아 들으신 모양)

옥이 그렇습니다. 이해올시다.

딸의 청춘을 빛나게 하기 위하여
우리들의 시대를 살리기 위하여
우리들의 새 옷을 입고 우리들의 새 집에 살게
하소서.
이것만을 이해하여주소서.
이밖에 아무것도 요구하지 않습니다.

모   그러면 결국 나를 버리겠단 말이지 (절망한 듯이)
나의 곁을 떠나겠단 말이지.
한평생 외롭고 적막한 이 어미 곁을 떠난단 말이지.

구   쉽게 말하면 그렇습니다.

모   (더욱 흥분하여 머리를 흔들며)
안 될 말이다.
그것만은 안 될 말이다.
나의 보배를 놓치고 어떻게 산단 말이냐.
나의 노리개를 잃고 무얼 먹고 산단 말이냐.
그 적막한 삶을 어떻게 산단 말이냐.
(몸부림을 하며)
안 될 말이다. 그것만은 안 될 말이다.

옥이   (더욱 냉정하여지며 침착하게 어머니를 똑바로

보며)

　　그러면 나는 어머니의 노리개가 되기 위하여

　　나의 청춘, 나의 시대를 희생하란 말씀입니까.

　　그러나 나도 어머니를 배반하여야 하겠습니다.

　　어머니가 어머니의 시대를 살리기 위하여

　　할아버지께 잔인하게 반역하듯이 ―

　　그래야 나를 살릴 수 있을 것입니다.

　　나의 시대, 나의 청춘을 빛나게 할 것입니다.

모　（더욱 절망하여 미칠 듯이）

　　안 될 말이다. 그것만은 안 될 말이다.

김구 （다시 빈정거리는 말로）

　　안 되고 여부가 있습니까.

　　황금의 위력을 지배하여보십시오.

　　어머니의 수호신 ― 황금의 위력을 시험하여보
　　십시오.

　　황금의 위력에도 머리를 숙이지 않는 커다란 힘
　　이 있는 것을 구경하십시오.

옥이 나는 어머니의 후회를 거듭하여서는 안 되겠습
　　니다.

모   나의 후회를 거듭하다니?

옥이 어머니가 좀더 이르게

     할아버지께 반역하지 못한 것을 후회하듯이

     나도 나의 청춘을 희생한 다음에

     때가 늦었음을 후회하게 된다면

     아 — 안 될 것입니다. 안 될 것입니다.

     나는 가야하겠습니다. 인정 없이 잔인하게 —

     인정이 있고야 어디서 용기가 나겠습니까?

     잔인하지 않고서 어떻게 승리하겠습니까?

     어머니께서 몸소 가르치신 철학을 딸은 믿습니다.

     (임호가 대문 안에 들어서며 만면의 웃음을 띠

     고 우렁찬 소리로)

임   길 떠날 준비는 되었습니까?

구   자 — 되었네, 떠나가세 (벌떡 일어나며)

     우리의 일터로 우리의 새 집으로

     옥이야 — 자 — 어서 떠나가자 —

옥이 (벌떡 일어나며 명랑한 말씨로 그러나 애처로

     운 듯이)

     어머니 당신의 딸은 갑니다.

안녕히 ― 영원히 안녕히 ―

모   (절망한 듯이 하늘을 쳐다보며)

아우 ― 끝끝내 가고야 만단 말이냐.

나의 보배야 나의 노리개야 나의 비둘기야.

적막한 나의 곁을 떠나가고야 만단 말이냐.

(임, 구, 옥이 세 사람은 서로서로 손을 잡고 유
쾌한 듯이 뒤도 돌아보지 않고 나가버린다)

아아 ― 이것도 아무 힘이 없었단 말이냐?

(미친 듯이 금고 열쇠를 마루 아래 동댕이치며
기절한 듯이 쓰러지며)

아아 ― 전부는 끝났다.

나의 보배는 가고야 말었다.

나의 등불은 꺼지고야 말었구나.

(옥이 아버지 다시 들어오며 술 취한 소리로)

부   구야 집에 가자 아버지를 배반하느냐

(아무도 없는 것을 보고 깜작 놀라 멈칫 서며)

앗!

모   (몸을 간신히 일으키며 동정을 갈망하는 듯한
눈으로 멀거니 바라보며)

아아 ― 우리는?

우리들은? (다시 쓰러진다. 풍경 소리 뎅그랑)

― 幕[막] ―

박아지

(朴芽枝, 1905.02.02~1959.06.26 또는 1907~1956)

일제강점기 활동한 시인

본명 박일(朴一)

함경북도 명천의 농민가정에서 출생

1924년 일본에 유학하여 동경(東京) 도요대학(東洋大學)을 수학

1926년 도요대학을 중퇴하고 귀국

1927년 1월 6일 동아일보 신춘문예 「어머니시여」가 당선되면서 등단

1927년 카프(KAPF: 조선프롤레타리아예술동맹)에 가담

1927년 『소년』 별나라 편집동인으로 활동

1927년 1월 시 「흰나리」를 동인지 『습작시대(習作時代)』에 발표

1927년 2월 소설 「눈을 뜰 때까지」를 동아일보에 발표

1927년 2월 평론 「농민시가소론」(습작시대) 발표

1927년 4월 시 「농부의 선물」(조선문단) 발표

1934년 1월 시 「명랑한 삶」(조선문학) 발표

1934년 제2차 카프사건으로 일본 경찰에 체포되어 투옥

1934년 6월 시 「봄을 그리는 마음」(문학창조) 발표

1937년 4월 평론 「박세영론」 발표

1937년 서사시 「만향(晩香)」(풍림) 발표('어머니'를 통해 강한 현실 비판과 극복 의지를 보여줌)

1937년 8월 13일 평론 「오직 실력」(동아일보) 발표

1937년 9월 1일 평론 「이찬 시집 『분향』을 읽고」(동아일보) 발표

1945년 12월 시 「심화(心火)」(예술) 발표

1946년 조선프롤레타리아예술동맹에 가담 활동하다 조선문학가동맹 중앙위원을 역임하면서 진보적 잡지 『우리문학』 편집에도 간여함

1946년 1월 시 「들어시나이까」(우리문학) 발표

1946년 시집 『심화(心火)』(우리문학사 간행) 발표

1946년 정부수립 이전 조선문학가동맹이 결성된 뒤 월북

1950년 조선작가동맹출판사 『조선문학』 편집부에서 사업

*월북 이후 대표작으로 시 「종다리」, 「외로운 벗들」 발표

1959년 7월 시집 『종다리』 발표

그 외 작품으로 희곡 「어머니와 딸」, 평론 「농민시가 소론」 등이 있다.

**박아지 이름에 대한 가설

일제강점기, 해방, 한국전쟁을 겪으면서 많은 작품을 발표한 한 시인의 정체를 밝히기 위해서는 실증적 자료와 작품의 성질을 분석한 연구가 필요하다.

1. 박일 설

북한 사회과학원문학연구소에서 발간한 『조선문학사』(1988)에 의하면 박아지의 본명은 박일(朴一)이고 함경북도 명천군에서 1905년에 출생하여 1959년에 북한에서 사망하였다고 기록되어 있지만, 활발한 작품활동에 비해 시인의 전기적 이력은 불분명하다. 특히 박아지의 본명으로 알려진 박일이라는 이름조차 1932년 중앙일보 신춘문예 당선작의 필명이라는 의견이 있다.

2. 박재청 설

개성 출신 춘파(春波) 박재청(朴在淸)이라는 주장이 있다. 춘파 박재청은 1907년 3월 20일(음력)에 개성에서 태어나 1953년 6월 8일 개성에서 사망하였는데, 1926년 동아일보 독자문예란에 「바다」(1926년 2월 3일자)와 「나의 마음」(1926년 2월 8일자)을 투고하여 춘원 이광수로부터 아름다운 소리를 가진 시인이라는 평을 받았다. 그 이

후 여러 작품을 각종 신문, 잡지 등에 발표하였는데, 특히 1933년에 발간한 고려시보에는 박재청이라는 본명 외에 춘파, 박아지, 봄물결 등의 필명으로 많은 작품을 남겼다. 고려시보에 남아 있는 박재청의 작품은 최근에 책으로 정리하여 출판되었다.

고려시보의 박아지가 춘파 박재청이라는 사실에는 이견이 없지만, 동아일보에 「어머니시여」를 쓰고, 카프에서 활동하고, 『심화』를 발간한 박아지는 다른 사람이라는 주장도 있다. 그러나 1936년 2월 1일자 고려시보에 박아지라는 필명으로 발표한 「흥」이라는 시가 1946년에 출간한 『심화』에 「불휴」라는 제목으로 있어서 고려시보의 박아지와 『심화』의 박아지의 관련성은 계속 연구할 필요가 있다.

3. 박재청 유족의 증언

춘파 박재청의 사남 박광현이 개성에 사는 둘째 형 박성현과 그 아들 박영철과 주고받은 편지에 의하면, 박재청이 「어머니시여」를 썼고 카프 작가들과 교제도 있었고 '식물의 햇아지'라는 의미로 박아지라는 필명으로 발표를 했는데, 전쟁 이후의 출판물에 있는 박아지는 제자의 작품이라고 한다. 그러나 2009년에 박광현이 개성 친척에게 「어머니시여」가 박재청이 썼는지를 다시 확인했을 때, 박성현은 아들 박영철이 철없이 한 말이었다고 부인했다고 한다.

**박아지의 월북 이전 시작품의 특색은 무기교 위에 강한 의식을 솔직하게 드러내고 있다는 점이다. 기교가 뛰어나지 않은 점에도 불구하고 그의 시가 쉽게 읽히는 것은 적절한 시어의 선택에서 오는 깔끔함이라 할 수 있다. 또한 강한 의식과 이념을 담은 작품이면서도 서정시 같은 체취를 느낄 수 있는 것은 그의 관념을 거칠게 내몰지 않았기 때문이다. 다만 한 가지 흠으로 남는 것이 있다면 내용의 직접적 전달성과 관념이 관념으로 머무른다는 점, 그리고 제재 선택의 한계성 때문에 울림이 오래가지 못한다는 것이다.

**북한의 최근『문학예술사전』의 리용악 항목에서도 이런 시문학 특성은 크게 다르지 않게 소개되고 있다. 그의 시집『종다리』(1959) 등을 든 다음 "시인 박아지의 시작품들은 진실하고 소박한 감정으로 일관되어 있을 뿐 아니라 간명하고 아담하며 운률이 정교로운 특성을 보여주고 있다"고 기록하고 있는 것이다.

**조선프롤레타리아예술가동맹(KAPF)에서 활동하면서 향토적 정서가 짙은 작품을 발표한 농민시인으로 농촌시와 서사시를 쓴 것으로 알려져 있다.

큰글한국문학선집: 박아지 작품선집

종다리

© 글로벌콘텐츠, 2015

1판 1쇄 인쇄_2015년 10월 25일
1판 1쇄 발행_2015년 11월 05일

지은이_박아지
엮은이_글로벌콘텐츠 편집부
펴낸이_홍정표

펴낸곳_글로벌콘텐츠
      등 록_제25100-2008-24호

공급처_(주)글로벌콘텐츠출판그룹
      기획·마케팅_노경민   편집_김현열 송은주   디자인_김미미   경영지원_안선영
      주소_서울특별시 강동구 길동 349-6 정일빌딩 401호
      전화_02-488-3280   팩스_02-488-3281
      홈페이지_www.gcbook.co.kr

값 15,000원
ISBN 979-11-5852-066-3 03810

※ 이 책은 본사와 저자의 허락 없이는 내용의 일부 또는 전체의 무단 전재나 복제, 광전자 매체 수록 등을 금합니다.
※ 잘못된 책은 구입처에서 바꾸어 드립니다.